LES SŒURS LIVANOS

STÉPHANIE DES HORTS

LES SŒURS LIVANOS

ALBIN MICHEL

À François Fournier

« Aujourd'hui, il n'est rien de sacré pour les femmes. »

Odyssée, HOMÈRE

Quand il quitte Manhattan au volant de sa Cadillac, Onassis a le cœur léger et l'esprit qui file à quatre cents à l'heure. Il jette un coup d'œil dans son rétroviseur. Les gratte-ciel le renvoient à sa propre puissance, sa grandeur à venir. Tutoyer le ciel, tel est son dessein. Sur Brooklyn Bridge, la lumière implacable fait ressortir l'enchevêtrement des câbles, véritable jungle de béton et de métal. Les particules de poussières scintillent sur l'acier trempé. Onassis fonce vers Long Island. Il est en train de bâtir sa légende. Lui, l'homme le plus riche de l'univers. Un jour prochain, le patriarche d'un empire gigantesque. Qui seront ses enfants ? Des êtres à l'avenir étincelant. Talentueux, beaux, cosmopolites. Le monde entier se les disputera. Ils marqueront le vingtième siècle. Et le suivant aussi. Onassis conduit comme un fou, quarante minutes à peine pour rallier Oyster Bay. Il possédera une collection de toiles de maîtres. Et les demeures pour les exposer. Des meubles français. Et la femme qui recevra avec élégance. Onassis doit s'établir, il est dans la fleur de l'âge. Son épouse brillera au Prix de l'Arc de Triomphe, à Ascot, au bal de l'Aga Khan ou dans l'une des multiples sauteries d'Elsa Maxwell. Elle sera mince et fine, presque frêle. Ses cheveux miel retomberont en boucles lourdes sur sa nuque. Ses yeux pétilleront d'intelligence. Et son sourire sera dévastateur. Onassis se trompe rarement. La route est un ruban tortueux bordé de cottages aux balcons fleuris. Elle sillonne le cœur de villages bucoliques, la rue principale, ses enseignes dorées, et puis le cinéma, la mairie, le *coffee-shop*. Des arbres centenaires à perte de vue. Au gré d'un tournant, on aperçoit la mer et les criques désertées. Et sur les falaises découpées, de petits phares rouge et blanc sortis d'un ouvrage pour enfants. Dissimulées dans les clairières paisibles, des villas en bois blanc et des manoirs à quelques millions de dollars. Ici réside tout l'Upper East Side, les vieilles fortunes et les jeunes loups de Wall Street. Onassis n'appartient à aucune de ces catégories. Il est riche à millions mais il lui manque la reconnaissance. Il accélère sur Sagamore Hill. Un dernier virage et Oyster Bay apparaît enfin. La Cadillac avale la route, les maisons de style Stuart disparaissent dans un nuage de poussière, il se gare devant la marina.

À quelques centaines de mètres, deux jeunes filles parfaites se rêvent les reines du bal. Elles veulent des tapis de magnolias, une mer phosphorescente, des tourbillons d'étincelles et des chevaliers servants à gogo. Elles possèdent la jeunesse et la beauté, la douceur et la richesse. Eugénie Livanos a dix-huit ans, elle est brune, douce, raisonnable, discrète. Tina vient d'avoir seize ans. Frivole, impertinente, blonde comme les blés. Ski nautique, golf, balades à bicyclette, galas de charité, les sœurs Livanos sont débordées, échevelées, libérées. Le comble du chic, et cet air supérieur, cette indécence ! Au soleil de l'après-midi, elles offrent leurs corps de nymphettes. Nues, complices comme jamais, elles se laissent bercer par une brise marine porteuse de mille promesses. Un hydravion décolle, libellule des temps modernes, et dans les dunes, Tina et Eugénie poursuivent le souffle de l'épopée. Quelle audace, songent les pêcheurs de pétoncles qui osent affronter leurs rires. Ils ne savent pas qu'Aphrodite est grecque et malicieuse. Les deux sœurs s'enivrent de champagne et scrutent l'horizon qui se noie dans l'océan. Eugénie se redresse pour allumer une cigarette. Soudain, elle aperçoit un bateau dans la baie. Elle se lève trop vite, ressent un léger vertige.

– Trop d'alcool, glousse Tina.

– Habille-toi ma chérie, on dirait qu'il vient par ici.

Eugénie noue rapidement son paréo fleuri. Aveuglée par la lumière, elle porte sa main en visière. Un Chris-Craft saute et frappe les vagues avec violence, dans son sillage une mousse d'écume incandescente et une étrange bannière qui flotte au vent. Et puis… mais elle le reconnaît, c'est l'ami de son père ! Aristote Onassis lui-même, en train de faire du ski nautique ! Des figures et des manières. Eugénie éclate de rire.

– Regarde Tina, on dirait une gargouille à sa gymnastique !

– Que tu es méchante ! Il est magnifique, il est…

– Court sur pattes. Même en maillot de bain, il a l'air de sortir de chez le fripier.

– Tu es jalouse ! Tu sais bien qu'il ne vient que pour moi.

Stupéfaite, Eugénie se retourne vers sa sœur.

– Pour toi ? Pourquoi ?

– Parce qu'il m'aime !

– Mais il est si laid, vulgaire ! Et puis je serai mariée avant toi. Je suis l'aînée !

– On verra bien.

– Quel est ce pavillon ? T.I.L.Y. ?

Le bateau épouse l'onde, ralentit et s'ancre enfin à quelques encablures. Onassis lâche ses skis et nage jusqu'à la plage. Tina, nue comme au premier jour, est penchée en arrière, appuyée sur les coudes, ses lunettes posées sur le bout de son nez qu'elle juge un peu long. Elle déroule ses jambes, se lève doucement, ajuste sa coiffure.

– Tina enfin, couvre-toi !

Eugénie est horrifiée. Elle observe sa petite sœur descendre vers la mer. Tina est perchée sur la pointe des pieds, le sable est blanc et brûlant. Voilà qu'elle court vers Onassis, se jette dans ses bras, se presse contre son torse mouillé. Il l'enlace, l'emprisonne et prend possession de sa bouche avec rudesse. Eugénie fait un pas en arrière et porte sa main à la bouche. Elle est offusquée. Par le baiser ou la nudité de sa sœur ? Elle ose s'enquérir des lettres sur la bannière.

– *Tina I love you !* s'exclame Onassis sans lui accorder un regard.

Quel cliché ! Eugénie jette sa cigarette dans le sable, attrape son panier, ses lunettes de pimbêche et file sans un mot. Que sa sœur se comporte comme une putain, c'est son droit, mais elle ne lui accordera pas sa bénédiction.

Il faut dire qu'elle est jolie, la cadette des Livanos. Ses seize ans, son insolence, sa peau brunie. Elle pénètre dans l'eau à la suite du Grec, ils nagent jusqu'au bateau dans

14

lequel ils embarquent. Elle se laisse happer par son corps tortueux et musclé. Il dégage quelque chose d'insensé, de chaud et suave à la fois. Qu'il la prenne, l'embrase, elle en crève d'envie. Onassis plaque Tina au fond du bateau et lui vole sa virginité avant qu'elle ait eu l'idée de dire non. Elle n'aurait pas dit non. C'est brutal et ça lui plaît. Elle aime être dominée, elle se donne, il est son maître. Il joue avec ses fesses, ses seins ronds qu'il dévore à pleine bouche. Tina Livanos se gave de luxure, son amant est un fauve avide. La gorge de la jeune fille brille comme la lune. Parfaite pour un diamant à facettes, songe Onassis, repu. Un saphir sied mieux aux blondes, pense Tina. Ces deux-là sont faits pour s'entendre. Le pilote du Chris-Craft n'a pas moufté.

Le vieux Livanos vient d'arriver de New York pour le week-end. Il est soucieux. Eugénie, sa fille aînée, d'ordinaire si calme, pique une crise de nerfs. Elle tourne en rond dans la salle à manger, affirme que Tina a décidé de se marier avant elle. Stávros Livanos soupire sous sa moustache. Lui qui aspire à la tranquillité d'Oyster Bay, il se dit que c'est fichu. Sa maison de style Tudor, recouverte de « shingles », ces lattes de cèdre grisâtres, est pourtant son havre de paix. Cinq chambres, autant de salles de bains, un salon mansardé avec neuf mètres de hauteur sous plafond, un parc planté de pins, une serre, une piscine, un sauna, des cabanes en bois. Et puis la plage de sable blanc et la mer en contrebas. Livanos finit son petit-déjeuner. La lumière est magnifique ce matin. Presque froide. Les pétales de beurre roulés sur des glaçons, les tartines dorées, les confituriers en cristal regorgeant de fraises écrasées et ce service Minton d'une telle finesse, oui c'est vraiment une belle journée. Il replie le *Wall Street Journal* sans sourciller. Ses actions ont l'air de résister au souffle belliqueux qui règne sur l'Europe. Il embrasse le front de son épouse, fait enfin taire Eugénie, et la somme d'aller chercher Tina pour s'expliquer. De quel garçon s'est-elle encore entichée ? Un mariage, et puis quoi encore ? Il se dirige vers la cave à cigares.

En choisit un, tâte, hume. Il coupe la cape, tient la flamme de son briquet à la bonne hauteur, et tire sur le barreau de chaise. Il s'installe dans le bow-window, étend ses jambes trop courtes. S'il y a bien quelque chose que le patriarche adore, c'est empoisonner le petit jour avec la fumée lourde d'un Cohiba. Tina descend de sa chambre, excitée et rougissante. C'est vrai, elle a décidé de se marier. Son père éclate de rire. Sa mère, Arietta, ne dit pas un mot, elle attend. Eugénie est livide.

– J'épouse Onassis ! affirme la gamine à ses parents ahuris.

Stávros et Arietta Livanos sont sonnés. Atterrés. Ils n'ont rien vu. Tout s'est déroulé sous leur toit. Sous leurs yeux. Mais comment ?

– C'est très aimable à lui, n'est-ce pas ? chantonne Tina en agitant son bras sous les yeux de sa sœur qui regarde ailleurs.

– Comment ça ? interroge Arietta.

– Ce bracelet sublime qu'il m'a offert, c'est très aimable. Cartier, en or pur incrusté de diamants et de pierres précieuses. Gravé T.I.L.Y.

– T.I.L.Y ?

– *Tina I Love You*, on sait, rétorque Eugénie, furieuse.

– Papa, Ari t'a écrit, ouvre ton courrier !
– Ils ont plus de vingt ans d'écart, et je dois me marier la première ! proteste Eugénie.

Le pauvre Livanos a reçu un coup de massue. Une lettre d'Onassis, certes. Il l'avait aperçue sur le plateau en argent de l'entrée mais n'y avait guère prêté attention. Il la décachette. « Que diriez-vous si je demandais la main de votre fille cadette ? » Livanos s'étouffe, Arietta gémit. Quel aplomb ! Il ne doute de rien ! C'est du harcèlement, pas une demande en mariage ! Ce bandit, ce gangster, ils l'appréciaient de loin, mais de là à en faire un gendre, il y a un monde. Et Onassis ne fait pas partie du leur. Livanos fulmine. Il enrage. Depuis quand un père ne choisit-il plus pour ses filles ? Comment sa cadette a-t-elle pu tomber sous le charme vénéneux de ce moins-que-rien ? Cet opportuniste, ce cavaleur ? Pire que tout, ce Turc ? Car Smyrne, chacun le sait, ce n'est pas la Macédoine !

Onassis a fait fortune à la fin de la Seconde Guerre mondiale en rachetant des *liberty ships*, ces bateaux démobilisés et désarmés par la marine américaine. Des cargos de onze mille tonnes obtenus à faible prix par des hommes de paille. Aujourd'hui, Onassis négocie le monopole du transport du pétrole avec le roi d'Arabie saoudite. Mais les Américains tentent de faire capoter l'affaire. On dit qu'Onassis multiplie les liens avec la Mafia. Quand on est à la tête d'une flotte comme la sienne, il paraît impensable de ne pas contrôler les syndicats. Et comment gère-t-on les pauvres ? En leur offrant ce qu'ils désirent plus que tout au monde, de l'argent. Les langues se délient quand le nom d'Onassis apparaît à côté de celui de Livanos. Des langues de vipères. Qui fait courir les rumeurs ? Un certain Niárchos, l'ennemi juré d'Onassis. Niárchos qui murmure aussi des mots doux à l'oreille d'Edgar J. Hoover. Onassis riposte. Fait savoir qu'il a un réseau. Et s'en sert. Magnats de la finance, hommes d'affaires influents, millionnaires, ses relations le rendent incontournable. Livanos est obligé d'accepter ce mariage, mais tient sa vengeance. Puisqu'il veut la cadette, Onassis aura la dot qui va avec : secondaire.

Moi, Tina Livanos,
le 28 décembre 1946 à New York

« *Le maire de New York met en garde la population contre une vague de grand froid. La ville se prépare à connaître un week-end d'une extrême rudesse* », *entend-on en boucle sur NBC.* « *Probablement avec des températures pouvant atteindre les –20°C. Le maire conseille à ses administrés de prendre leurs précautions.* »

Mes précautions se nomment hermine et zibeline. Le maire est tordant, en décembre, à quoi s'attendre d'autre ? Oui, il fait un froid de gueux. Central Park repose sous deux mètres de neige, on ne distingue même plus les bassins. Peu m'importe, je me marie dans quelques heures. Je jette un coup d'œil à mon bracelet. Il comprime mon poignet comme des menottes.

– Eugénie, veux-tu serrer plus mon corset s'il te plaît.

– Mais tu ne pourras plus respirer.

– Fais ce que je te dis.

– Quand nous étions enfants, je t'habillais à ma guise, tu étais ma plus jolie poupée.

– La poupée se marie et, cette fois-ci, j'ai choisi ma robe.

Je m'appelle Tina, j'ai dix-sept ans et je vais épouser le Grec le plus riche du monde. Plus riche que Papa. Plus riche que Niárchos, Kulukundis et Embiricos réunis. Aristote Onassis. Ari et ses cheveux gominés aplatis sur les tempes, ses souliers en croco et ses costumes froissés. Ari, son passé de métèque, ses mauvaises fréquentations et ses liberty ships. On parle de lui, je veux qu'on parle de moi avant tout. Tenir le devant de la scène. Avec Ari, mon amour. Être adulée, admirée, enviée. Ne plus jamais être la seconde. Mariée avant Eugénie et ses quelques années de plus que moi. Mariée avant Georgie Boy, mais c'est un garçon, donc ça ne compte pas.

Ari n'est pas censé me voir. Eugénie hurle quand il pénètre dans notre suite. Elle se sent bafouée, je lui appartiens encore pour quelques instants.
– Ari, sors d'ici, ça porte malheur !
Ari vérifie que la toilette immaculée correspond à la jeune fille qui ne l'est plus. Il hoche la tête d'un air satisfait. Ma tenue vient de chez Mainbocher. Une robe à l'étoffe rare, brodée de perles fines, bordée de plumes et d'organza, une robe éthérée et des fourrures nobles.

Les températures ont commencé à chuter jeudi. Le parvis est déneigé sans cesse pour préserver le tapis de velours foulé par nos invités. Le ciel est d'un bleu intense. Glacial. Les badauds grelottent, ils claquent des dents, emmitouflés dans des bonnets et de longues écharpes tricotées. Ils ne regardent ni les sapins de Noël ni les décorations démesurées. Non, ils tentent de nous apercevoir, Ari et moi, avant que l'on ne pénètre dans la cathédrale orthodoxe de la Trinité. 74e Rue Est.
Papa émerge de la limousine et me tend le bras. Ses

épaules carrées, sa force naturelle me rassurent. Mama donne la main à mon petit frère Georgie, il n'a que onze ans. Il voudrait courir partout, cela l'amuse follement. Je glisse vers mon destin. Papa doute de ce mariage. Il l'appelle mon dernier caprice, comme s'il s'agissait d'un nouveau cheval. Je n'ai jamais été aussi sûre de moi. J'aime Ari à la folie. La tête de mon père dodeline, il soupire. Je m'appuie sur lui, une rafale de vent s'engouffre dans mon voile. Il est brodé d'œillets, la fleur de chez nous. Eugénie ajuste ma traîne. Mais je ne suis plus sa poupée. Frigorifiée, elle me sourit avec bonté. Elle se réjouit de ma félicité. Ma sœur chérie. Derrière elle, se pressent Nancy Harris, Andrée Maitland, Janet Bethel et Joan Durand avec qui j'étais en pension à Greenwich. Des idiotes ! Et puis Beatrice Ammidown et Cornelia Embiricos. Deux nouilles ! Toutes portent la même longue robe blanche rehaussée d'une ceinture de velours vermillon. Ces beautés exquises sont promises à de grands mariages, mais pas aussi extraordinaires que le mien. L'archevêque Athënagoras ne sait plus où regarder avec toutes ces jeunes vierges, il se concentre sur moi qui ne le suis plus. La cathédrale est surchauffée, à croire qu'on y brûle les icônes. Les accents sonores du grec ancien atteignent une perfection solennelle. L'archevêque est assisté du père Euthimion, le professeur d'Ari à Smyrne. Est-ce pour cela que la cérémonie prend deux fois plus de temps ? Georgie Boy bâille à s'en décrocher la mâchoire. L'archevêque Athënagoras porte le casque conique doré et l'épitrachelion, cet ornement si long qui descend de la poitrine jusqu'au sol. Voilà symbolisées la grâce, la puissance et l'autorité de la prêtrise. Les âmes mortes sont confiées à la garde et à la guidance de notre évêque. La croix pectorale ornée d'émeraudes et de rubis se mêle aux poils grisonnants de sa barbe luxuriante. L'éclat et la gravité de cette cérémonie me bouleversent. Le chœur entonne avec puissance les hymnes rituels. Nous échangeons plus de trois fois nos alliances au cours de la cérémonie. Le témoin d'Ari est George Embiricos, je ne sais lequel des deux est le plus nerveux. À moins que cela ne soit Eugénie qui n'en finit pas d'essuyer ses larmes. Je lis l'envie dans les yeux de mon aînée. Elle place les couronnes sur nos têtes. Puis les échange à trois reprises. Je sens un courant d'air froid dans mon dos, je dois sortir, ces effluves d'encens me font tourner la tête.

La Terrace Room du Plaza est majestueuse. L'architecture intérieure évoque un yacht entièrement drapé d'étoffes soyeuses aux couleurs de Noël. Halos de lierre et boules de gui s'échappent des lustres en verre de Murano. Des rubans cramoisis tressés de houx et de bruyères s'enroulent autour des balustrades et des escaliers monumentaux. Les fresques italiennes des plafonds s'offrent dans leur splendeur impudique. Et sur chaque table, des bouquets d'hellébores et d'oranges piquées de clous de girofle rivalisent avec les chandeliers de cristal. La piste de danse s'arrondit devant le bar en forme de fer à cheval, les barmen agitent des shakers en argent massif, une bande de gens très à la mode s'enivre de cocktails hawaïens. Quelle cohue ! Rubis et émeraudes à tout casser ornent le cou de filles de rien, leurs robes sont étourdissantes, leurs talons vertigineux, leurs maquillages outranciers et leurs amants horriblement riches. Une débauche de luxe ahurissante. Les rires étincellent, l'effervescence bouillonne.

– *Je hais cet étalage vulgaire, soupire Papa. Quelle suren-
chère !*

Moi j'adore ça !

*Tzatziki, tarama, melitsanosalata, tomates et poivrons
farcis à profusion. Agneau, poissons et une orgie de caviar.
Vins fins et champagne coulent à flots. Chacun se place où il
le souhaite. C'est dans nos traditions. Et l'on danse et l'on
danse encore. Ari sourit d'un air suffisant. Que suis-je pour
lui ? Un morceau de choix ? Un butin ? Je doute déjà. Il
murmure qu'il m'adore. Que nos vingt-trois ans d'écart n'y
changent rien. Je sais, je l'aime à la folie. Je suis la première
à me marier, celle dont on parle. Demain, je ferai les gros
titres du* New York Times. *On dira que je suis ravissante,
même si mon nez est un peu long à mon goût. On qualifiera
Ari de bandit, mon pirate pour la vie.*

*Car mon époux est originaire de Smyrne. Il est le fils
d'un petit marchand sans le sou. On ne lui pardonne pas ses
faux airs levantins, ses intonations rauques qui fleurent bon
l'exil. On ne lui pardonne pas son rire guttural et ses amis
argentins. Il a le corps en alerte de celui qui a fui pour
sauver sa peau. Sa peau tannée par le soleil de Buenos Aires.
On ne lui pardonne pas d'avoir disparu plusieurs années et
d'être revenu milliardaire. On ne lui pardonne pas d'avoir
soulevé l'attention de Hoover et celle de Truman. On ne lui
pardonne pas son audace, son argent gagné à la force du
poignet et ses accointances avec d'anciens nazis. On médit
sur ses cheveux gominés, son air de mafieux en goguette, ses
mains de catcheur…*

*Ari s'en moque, il n'a ni convictions ni goût pour la
politique ou les conversations de salon. La seule couleur
qu'il connaît, c'est celle de l'argent. Ses rivaux sont tous*

présents ce soir. Ils le jalousent, c'est normal, Ari est une tornade dans un monde aux angles droits. Il célèbre sa victoire. Lui qui n'a jamais été accepté par l'Union des armateurs grecs épouse la fille du plus riche d'entre eux ! Il aurait pu choisir Eugénie, l'aînée, et sa dot époustouflante, mais c'est moi qu'il a élue. Moi, la cadette. Donc il m'aime, c'est certain.

Ari tire sur son cigare et jette un regard circulaire. Les poules de luxe rayonnent dans leurs robes en soie, leurs épaules dénudées et leur buste comprimé. Chanel, Dior, Balenciaga, quel talent que la haute couture. À grand renfort de plumes et de bijoux, on mêle les vieilles fortunes aux nouvelles, on se prend de passion pour les mondanités et on touche au grandiose. Tout à coup, la clarinette fend la nuit, les cordes de la mandoline anéantissent toute notion d'équilibre. C'est le moment du rembétiko, la danse de l'homme ivre. Ari ose tout. Il se lance, tourne autour du verre d'ouzo posé par terre. Se penche, se redresse, se penche encore. Il saute, il s'arrête, il est en suspension, il se retourne et revient. Un pied sur le sol, l'autre au-dessus du verre, il tourne encore. Va-t-il écraser le verre ? La tête renversée en arrière, il tangue dangereusement et passe le flambeau à mon petit frère Georgie. Il fait un grand écart en riant aux éclats. Sa chemise sort de son pantalon, Mama se précipite pour rhabiller son fiston. Tous vont mimer l'homme ivre, tous sauf Stávros Niárchos. Il est bien trop distingué. Eugénie ne le quitte pas des yeux. Niárchos possède ce qu'Ari n'aura jamais, le chic, l'élégance et la naissance. C'est un aristocrate. Niárchos se tient droit, il avale un doigt de Pimm's en conversant avec Eugénie. Dois-je y voir autre chose que de la politesse ?

« *La température maximale annoncée la semaine prochaine sera de −25,5°C. Quarante-neuf villes ont battu un record de froid pour un 28 décembre, dont Philadelphie et Baltimore. Une quinzaine de décès ont été attribués au froid depuis le début de la semaine, dont quatre hommes de quarante-huit à soixante-trois ans morts samedi à New York d'une crise cardiaque alors qu'ils déneigeaient devant la cathédrale orthodoxe de la Trinité.* »

La soirée s'est terminée à l'aube. Cela faisait longtemps que l'on ne s'était pas amusé ainsi à New York, et ça ne fait que commencer, je n'ai pas fini de brûler ma vie.

Athéna et Artémis

Départ pour une lune de miel en Floride. C'est somptueux. Tina et Ari dînent aux chandelles à Miami, se perdent à Key Largo, se retrouvent à Key West, puis filent en Argentine. À Río de la Plata, Alberto Dodero et Porfirio Rubirosa accueillent le jeune couple à bras ouverts dans leurs demeures princières. Tina découvre Buenos Aires, ce mélange du New York intellectuel, du Paris d'Haussmann avec une pointe de Barcelone et de Milan. Les Argentins se pressent au Jockey Club, *Calle Florida*, puis vont jouer au polo dans le *Barrio Palermo*. Les hommes respirent la splendeur féodale, et les femmes sont couvertes de bijoux étincelants. Tina songe que la vie est prometteuse. Elle observe son époux. Il a pris beaucoup à Dodero, son style surtout, mais pas son chic. Eva Perón fête l'accession au pouvoir de son mari, mais partage allègrement sa couche avec tout étalon fortuné. Pour Onassis, cela sera dix mille dollars ! Bah, c'est sa première présidente, mais pas la dernière. Pour le remercier, elle lui cuit des œufs brouillés le matin, les plus chers qu'il aura jamais mangés de sa vie !

– Mon Dieu quel pays, soupire Onassis en quittant au

petit matin la Casa Rosada, il n'y a que des putes et des nazis en goguette.

Tina croyait en un voyage de noces, elle a eu droit à un voyage d'affaires. Elle a déjà mille ans et une première ride au milieu du front. L'amour, elle ne le voyait pas vraiment comme ça. Et ce n'est que le début. Pourtant, le coup de foudre, elle l'a bien reconnu. L'ardeur, l'évidence, c'était quand déjà ? Il y a trois ans à peine, trois ans déjà, elle se souvient…

Tina Livanos a quatorze ans et se relève d'une mauvaise chute. Sa jument a roulé sur elle. On a eu très peur. La jeune fille est assignée à résidence au Plaza. À dix-neuf heures, Onassis a rendez-vous avec son père pour parler affaires. C'est essentiel pour lui d'être reçu en tête à tête par « le vieux », celui qui peut lui ouvrir les portes des plus hautes sphères du *shipping*. Le clan des Grecs. Celui des Embiricos et des Kulukundis. Onassis revient d'Argentine où il a fait fortune grâce à Alberto Dodero et Costa Gratsos, rencontrés dans une boîte de nuit à Buenos Aires. Grâce à Gratsos, Onassis a acheté ses premiers cargos au gouvernement canadien. Il a eu l'excellente idée de les immatriculer au Panama. Onassis a inventé le pavillon de complaisance. Avec l'argent économisé sur le fisc, il investit dans les *tankers* et bientôt les *liberty ships*.

Ce soir-là, il est venu à pied. Il s'est mêlé à la foule, comme un inconnu. Il adore ça, cette vie grouillante, les gens qui reviennent du bureau, les permissionnaires. Le monde ordinaire, celui dans lequel il ne vivra jamais. Il est tard, il est heureux, fébrile. Mais Livanos le fait attendre, Onassis n'est pas habitué. Tout à coup, elle déboule, la jambe dans le plâtre. Accompagnée d'un garçon de son âge. Insignifiant. Boutonneux. Son « fiancé », précise-t-elle. Avant d'aussitôt le congédier. Comment faire le poids face à Onassis, ce monstre de charisme, cet animal ? Tina est troublée pour la première fois de sa vie. Et décide qu'il sera à elle. Pour l'éternité. Et puis son père arrive et la chasse du salon.

Ce qu'elle ignore, c'est qu'Onassis inscrit dans son carnet le jour même et l'heure de cette rencontre : « 19:00, samedi 17 avril 1943. » Ce cavaleur a toujours aimé les femmes, mais celle-ci est très jeune. Et puis, il vit avec la Scandinave Ingeborg Dedichen. Pourquoi cette gamine lui trotte-t-elle dans la tête ? Elle est tout ce qu'il n'est pas. Chic. Légère. Il établit une tactique, prend son temps. Il devient proche de la famille, incontournable. Il passe souvent au Plaza, surtout le week-end. Il joue au backgammon avec Livanos, apprend à perdre. Au bridge aussi. La petite n'en finit pas d'entrer et de sortir. Il l'observe. Certes, l'autre est belle. L'aînée, comment s'appelle-t-elle déjà ? Onassis s'embrouille. Il regarde autour de lui. Les dorures du Plaza et les croûtes dignes d'un marin d'eau douce. Mauvais assemblage. L'appartement fait province. Les fauteuils sont recouverts d'appuie-tête au crochet, et les guéridons de napperons brodés. Le monde d'Arietta Livanos s'arrête au bien-être de sa famille, celui de Livanos à son porte-monnaie. Onassis, lui, voit grand. Immense. C'est un géant. Son entêtement à passer pour un play-boy dépasse tout ce que l'on peut imaginer.

– Ah mon cher Aristo, vous voilà ! s'enthousiasme Livanos.

– Backgammon, Stávros ?

– Avec joie. Aristo, il faut que je vous confie quelque

chose qui me turlupine, dit-il en se dirigeant vers le bar. Whisky ?

– Parfait.

– Niárchos est en train de nous monter un coup fourré.

– Cela ne m'étonne pas. Il a des relations très poussées avec le gouvernement.

– Je ne vous parle pas de ça. Mais de ma fille.

– Pardon ?

– Il vient souvent, beaucoup trop. Je me demande s'il ne s'intéresse pas à Tina.

Toute sa vie, le moteur d'Onassis, son starter, sera Niárchos. La réciproque est vraie. Ils sont animés d'une jalousie féroce à l'égard l'un de l'autre. Ce que l'un souhaite, l'autre le lui vole. Tina était une possibilité, elle devient une obsession. Il faut agir et vite. Onassis n'en est pas à son coup d'essai. Avec les femmes du monde, rien ne vaut quelques lignes bien tournées. Il se lance dans une correspondance enlevée, l'appelle mon ange, *Baby Doll*. Toutes ses lettres, chaque jour, sont bientôt suivies de fleurs. Tina a seize ans maintenant, le printemps arrive en avance cette année. *Sweet sixteen*. Il fait un temps de rêve, pour les vacances de Pâques, la famille s'installe à Oyster Bay.

– Je veux un Renoir ! s'écrie Tina Onassis. C'est terriblement en vogue à Paris. Et des sols en marbre de Carrare, des meubles français d'époque. Plutôt Louis XV, c'est ce qui se fait de mieux, dit-elle en faisant le tour du 16 Sutton Place et de ses cinq étages.

Elle juge le domicile conjugal un peu étroit. Mais joli. Son mari s'empresse alors d'acquérir quinze étages dans l'immeuble voisin. Tina n'y connaît rien, mais réclame les boiseries rococo des palais italiens, des toiles de maîtres, et tous les fastes d'un passé fort récent pour en mettre plein la vue.

– Enfin une maison qui me ressemble ! s'enthousiasmet-elle quelques mois plus tard en faisait visiter les lieux à sa sœur Eugénie.

À ses somptueux dîners, on croise des actrices et des banquiers, des vedettes et des financiers, des avocats et leurs maîtresses. Tina est la plus belle, la plus jeune, la plus active hôtesse de New York. Elle bat des cils, se pâme, soupire d'aise dans ses robes Dior en crêpe beige. « My beige », susurre lady Mendl, la célèbre décoratrice. Tina est lancée, le terme a été inventé pour elle. Elle dépense sans compter, achète des vêtements par cartons entiers et des bijoux par coffres.

— Je suis si heureuse, assure-t-elle à Eugénie, qui assiste, effarée, à cette frénésie.

Jamais leur père ne leur a offert une telle débauche de luxe.

— Je suis si heureuse, murmure-t-elle à l'oreille de son époux.

Caché derrière ses lunettes épaisses, Onassis caresse la cuisse de son épouse. Il garde ses secrets et ses sentiments pour lui. Il écrase sa cigarette pour en allumer une autre aussitôt et avaler cul sec un whisky. Le Renoir resplendit au-dessus du bureau Louis XV. Onassis ne le voit plus depuis longtemps, Tina non plus. L'important, c'est que les invités le remarquent. Tout comme la Rolls Silver, habillée chez Franay, le meilleur carrossier du monde. Ou la Bentley Mark VI offerte à Tina. L'amour ne repose-t-il pas sur la beauté des femmes et leur prédilection pour le faste ?

— Et si je me faisais refaire le nez ? Il est beaucoup trop long, estime Tina, seule devant sa glace.

Onassis pénètre enfin dans le club très fermé des armateurs, la seule forme d'aristocratie que connaît la Grèce. En 1947, sa frappe pétrolière est la meilleure du monde. Il est capable de dicter en six langues les différentes clauses d'un contrat d'affrètement au téléphone. Il est impitoyable en affaires, fidèle en amitié. Il a été élevé dans la fascination d'Homère, dans la chambre de chacune de ses maisons, on trouve un exemplaire relié de l'*Odyssée*. Il croit en la chance et au destin. Il ne prend jamais l'avion le mardi, ça porte la poisse. Ce qu'il aime avant tout, c'est fracasser les assiettes à la grecque dans les boîtes de nuit. Ça fait un peu désordre à New York, mais on lui pardonne tout. Au Morocco, au Stork Club, au Copacabana, on encaisse les chèques en fermant les yeux. Onassis aime la fête, manger avec ses doigts, rouler à vive allure la nuit. Son plus grand luxe, c'est de n'être jamais là où on l'attend. Le problème c'est que, la plupart du temps, c'est Tina qui l'attend. C'est un vrai plouc, un sagouin, tout le monde le dit. Et il le sait. C'est un animal, un amant phénoménal, les femmes en sont folles. Il le sait aussi.

Comme Cartier pour la joaillerie, Bell pour le téléphone, et Rockefeller pour le capitalisme, Onassis devient bientôt le synonyme du transport maritime. On le surnomme Poséidon. Pas seulement parce qu'il ensorcelle les sirènes, mais parce que c'est le roi des océans.

Et la douce Eugénie, que devient-elle pendant que sa sœur reçoit tout New York au 16 Sutton Place ? Elle s'ennuie. Elle a subi un affront. Elle voudrait riposter, tomber amoureuse, narguer Tina. Avec qui ? Niárchos. Le vieil ennemi d'Onassis. Les dieux ont inventé la haine, il serait dommage de ne pas en user. Eugénie croit aux miracles, elle va provoquer la fatalité. À coups de milliards et de perfidies. Son visage est ciselé, ses yeux dorés étirés vers les tempes, ses pommettes hautes. Ses traits soulignent la profondeur de son être, son intelligence. Elle possède la beauté de la statuaire grecque. Longue et mince, Eugénie a le port de tête d'une déesse. Elle se voudrait héroïne de roman, excentrique et volubile, mais elle n'est que discrétion et obéissance. L'opposé de sa sœur. Des qualités qui plaisent aux hommes, sa mère ne cesse de le lui répéter. Eugénie rêve d'un beau mariage et d'une famille nombreuse. Mais le sexe, cet inconnu, la terrifie. Dans la suite clinquante et vulgaire des Livanos au Plaza, deux sœurs réinventent les rapports amoureux. Elles fument des cigarettes mentholées en se laquant les ongles.

– Tout n'est qu'une histoire d'incompatibilité, chérie.

– D'incompatibilité ?

– Mais oui, réfléchis. L'homme voudra te faire jouir, mais n'y parviendra jamais. Donc il se mettra à paniquer, frétillera, et toi tu penseras à autre chose.

– Mais alors, interroge Eugénie palpitante, que faut-il faire ?

– Faire semblant ! Comme tout le monde. Pour contrôler la situation.

– Je ne veux pas contrôler, je veux aimer.

– Oublie l'amour, idiote. Les hommes ne sont pas du genre à s'accommoder des sentiments, soupire Tina avec une sensualité agressive. Ils consomment, et plutôt mal. C'est pour ça qu'ils aiment les putes. Elles ne leur renvoient pas leur propre incapacité. Elles sont payées pour gémir et disparaître au plus vite.

– Mais… et l'épouse légitime ?

– L'homme préfère baiser sa pute que son épouse. Tu ne comprends rien. Oublions tout cela, allons dépenser de l'argent ! J'ai aperçu une adorable babiole chez Tiffany's.

– Je voudrais mourir d'amour.

– Eugénie, tu es tellement iconoclaste, allez viens ! Ne trouves-tu pas que mon nez est trop long ?

Niárchos aussi fait ses emplettes chez Tiffany's. Une montre, un bracelet, quelques boucles d'oreilles, les boîtes bleues s'entassent devant lui, les rubans de soie se nouent. Il ne sait pas encore à qui il les offrira. Il dispose d'une écurie de jolies filles, c'est normal pour un milliardaire. Il observe de loin les sœurs Livanos. Deux sœurs et tant de possibilités. Si différentes, naturelles et sexy. Flamboyantes et touchantes. Dramatiques et incestueuses. Ensemble ou séparément. Savoir Tina avec Onassis le révulse, deviner Eugénie seule le bouleverse. Son naturel le fascine. Il lui suffit de téléphoner pour s'annoncer chez les Livanos, mais il n'est pas pressé. Il croit en la concordance des planètes. L'alignement mathématique. Il va bientôt faire le premier pas. C'est un stratège.

Au Stork Club, un dimanche d'avril 1947, celui que l'on surnomme « l'homme aux mains d'or » retrouve cette jeune fille de vingt ans, la plus riche héritière grecque. Elle a l'air réservé, sa chevelure sombre flotte dans la lumière des spots. Ses épaules rondes sont à peine couvertes par une robe en soie. Niárchos aime le calme et la distinction, il les a repérés au fond du regard mordoré d'Eugénie Livanos. Ce soir, c'est *« Balloon Night »*. Véritable folie mondaine, des filles divines à cent mille volts divaguent autour de ballons qui s'échappent d'un filet. On se bouscule pour l'étiquette accrochée et le lot attribué. Une automobile ou un dîner en ville, un bracelet de marque ou un gardénia ? Quelle effervescence ! Une seule s'attarde dans l'ombre en observant le spectacle de loin. Elle m'appartient, songe Niárchos avec une froide résolution. Eugénie Livanos n'aime guère les débordements.

37

Niárchos se rapproche et l'entraîne vers la sortie. Elle le trouve mystérieux, il l'intrigue. Ses cheveux courts sont partagés par une raie impeccable. Son nez en bec d'aigle est impressionnant et ses lèvres si minces qu'Eugénie se demande si elles sont capables de s'entrouvrir pour un baiser. Elle se souvient des paroles de Tina et les repousse avec force, sa sœur est déjà abîmée. Quelle sensualité chez Niárchos ! Et cette subtilité, il possède une allure folle. Elle frissonne, ramène ses bras contre elle. Niárchos retire sa veste et la dépose sur ses épaules. Ils marchent en silence, le ciel est lourd.

– Au-delà de ces immeubles, au-delà de ces arbres, il y a l'East River. Sur sa rive Est, à Brooklyn, il y a un chantier naval immense. On y construit mes bateaux. Plus loin encore, il y a l'Atlantique, et puis l'Europe, l'Angleterre, Londres, la Tamise et encore des chantiers navals. Les miens.

Maître de toutes les mers du globe, songe-t-elle, mais cela a si peu d'importance à ses yeux. Il est charismatique, sombre, mystérieux. Snob aussi. Et cette sensation qui ne la quitte pas de lui appartenir. Quand il embrasse ses paumes l'une après l'autre, elle lui offre silencieusement son cœur. Quand il pose ses lèvres sur les siennes, l'ivresse la submerge, le désir, le vertige de l'amour éternel, assurément.

– Voulez-vous devenir ma femme, Eugénie ?

– Ah non alors, hurle Livanos ! Pas cette fois, pas toi !

Eugénie hoquette, sanglote, veut mourir. Ou entrer au couvent. Elle est fiancée officieusement. Pourquoi son père lui refuse-t-il son consentement ? Niárchos est si chic, élégant, il possède tout, l'éducation et les manières, les tailleurs et le bégaiement anglais. Livanos enrage. Il maudit la terre entière. Il s'est encore fait avoir comme un écolier. Accablé, il se tourne vers Arietta, qui lève les yeux au ciel en avalant sa vodka. Alors, il demande conseil à son gendre. Onassis.

– Jolie prise pour un troisième mariage ! Niárchos est un cavaleur. Tout le monde le sait. Méfiez-vous, c'est le loup qui entre dans la bergerie !

Stávros Niárchos est né dans une bourgade du centre du Péloponnèse. Il a vingt-deux ans quand son père le place chez un oncle minotier du Pirée. Il achète le blé à des grossistes qui l'importent d'Argentine. Niárchos pense qu'il est plus malin d'être propriétaire des bateaux sur lesquels on transportera le blé qui vient d'Argentine. Il rachète à bas prix des cargos sous-évalués à la suite de la crise de 29. C'est le début d'une flotte qui ne cessera de croître. En 1938, il anticipe la guerre, en 1939, il comprend que les Alliés vont avoir besoin de bateaux. Il emprunte alors et fonde sa propre compagnie. Pendant la Seconde Guerre mondiale, Niárchos est officier. Il se distingue surtout par le prêt de ses bateaux aux Alliés. En 1941, il loue quatorze cargos aux USA. En 1945, sa compagnie d'assurances le dédommage des six navires coulés par les Allemands. Avec les deux millions de dollars, il réinvestit immédiatement dans les *liberty ships* et les *tankers*. En 1947, alors même qu'il courtise Eugénie, Stávros Niárchos pèse déjà très lourd. Il peut tout se permettre. Il offre un gratte-ciel à Eugénie, au 25 Sutton Place. Juste en face de chez Tina. Ils ne sont même pas mariés. Tina s'étouffe.

Deux hommes, deux femmes, c'est à peine suffisant...
Ne nous pressons pas, les autres vont bientôt entrer en
scène. Tina a les yeux battus et quelques bleus sur les bras,
mais avec ses rivières de diamants et ses robes de couturiers, elle attire tous les regards. C'est obsessionnel chez
elle, le regard. Le nez aussi. Sa sœur épouse un dieu follement beau et suprêmement élégant. Et sombre bientôt
dans les affres de l'amour. Niárchos et Onassis en savent
suffisamment l'un sur l'autre pour se détester. Ils attendent
l'occasion de se haïr. Les sœurs Livanos vont se surpasser
pour les aider.

Moi, Eugénie Livanos,
le 1er novembre 1947 à New York

Jalouse, je l'étais, je l'avoue. Jalouse de tout. De son mariage, de sa robe, de sa vie. Pas de son homme. Elle avait tout ce que je souhaitais. Et puis ce mari à ses pieds. Elle levait le petit doigt, il accourait. C'est ce que je croyais. Elle habitait une maison extraordinaire. Elle pouvait tout acheter sans se soucier du prix. Elle partait en voyage, elle revenait, elle avait même oublié ce qu'elle avait fait le jour d'avant. Personne ne lui demandait des comptes. Je voulais la vie de ma sœur ! Je voulais me marier ! Mais ça, c'était hier. C'est mon tour aujourd'hui. Mais en mieux. Avec Niárchos.

— Il me dit que je suis belle.

— Ce n'est pas difficile, tu es belle.

— Il me dit que je suis l'ange qui veillera sur lui nuit et jour.

— Tu es un ange Eugénie, tout le monde le sait, pas besoin d'être Niárchos pour sortir un cliché pareil.

— Il m'appelle Artémis, la protectrice des chemins et des ports.

— La déesse de l'Intégrité et de la Décence, c'est vrai, c'est toi.

— Il assure qu'il m'aime d'un amour fou.

41

— T'a-t-il expliqué que tu symbolises avec éclat un nouvel échelon dans son irrésistible et fabuleuse ascension ?

— Oh Tina, tu ne peux pas t'empêcher de jouer les punaises, même le jour de mon mariage !

Nous sommes le 1er novembre 1947, c'est l'été indien à New York. Dehors, les feuilles virevoltent, rouges, jaunes, ocre comme le feu qui dévore mon cœur. Ma tête est prête à exploser, j'ai l'impression que tout le monde le sait. Tina se concentre sur ma coiffure, Mama vérifie les derniers détails pour la réception. Quand je me suis levée ce matin, la ville baignait dans la brume, j'ai eu si peur que le soleil n'accompagne pas le plus beau jour de mon existence. J'ai couru jusqu'à la salle à manger, Papa prenait son petit-déjeuner. Il a posé le Time, essuyé sa moustache et balayé mes appréhensions en évoquant la condensation, la nuit froide et l'air chaud qui vient du golfe du Mexique. La météo n'a pas de secret pour un marin. Ensuite, il m'est arrivé quelque chose d'affreux : j'ai laissé déborder la baignoire et inondé la salle de bains ! Mama a hurlé que c'était de mauvais augure. Elle a tort. Tina ajuste la couronne de fleurs immaculées sur mon front. Une épingle perce ma tempe, une goutte de sang roule sur ma joue. Est-ce un autre signe ? Non, je chasse ces idées sombres pour me concentrer sur la vie qui m'attend. Par la baie vitrée, j'aperçois Central Park et son tapis de couleurs, les arbres se décharnent, la saison s'enfuit. Il fait doux, des potirons éventrés sur les rebords des fenêtres parent la cité de reflets flamboyants. Au coin de la rue, un étalage sur près de deux mètres, un mur entier de citrouilles s'offre aux passants mal réveillés. Halloween, c'était hier. Où sont-ils les monstres gluants, les petites sorcières farfelues, les squelettes

bringuebalants ? Jusqu'au bout de la nuit ils ont hurlé
« treats or tricks ». *On a croisé d'effrayants fantômes à Time
Square, on a évoqué un arbre aux pendus dans Washington
Square Park. Il paraît que dans Greenwich Village, errait
Edgar Alan Poe, le regard halluciné, un corbeau sur l'épaule
et une plume dans la main. Au Mexique, les morts sont fêtés
dans la joie et la bonne humeur. On dresse des autels, on y
dépose des offrandes, des œillets d'Inde et de la nourriture
autour des tombes. On allume des bougies et de l'encens, on
regarde voyager les âmes. Mes pensées divaguent. Est-ce bon
signe de converser avec la mort juste avant de se marier ? J'ai
toujours rêvé de connaître le Mexique, Niárchos m'y emmè-
nera et cela sera le plus fabuleux des voyages, l'avenir n'est
que merveilleuses promesses.*

Je suis enfin prête. Nous quittons l'appartement.

*– Elle est magnifique, chuchote une soubrette dans le
couloir.*

– Mademoiselle Livanos, puis-je…

– Me permettez-vous, une photo s'il vous plaît ?

*Tout le personnel s'y met, ils applaudissent sur mon pas-
sage, je me sens différente, presque importante. Tina est
partie en courant devant, son chapeau à la main, dans sa
robe vaporeuse imaginée par Balenciaga, cet Espagnol que
tout le monde s'arrache. C'est une enchanteresse, même
enceinte de trois mois. Son petit ventre s'arrondit. Elle rêve
d'un garçon, d'un héritier, d'un Onassis* bis. *Comme si un
seul ne suffisait pas ! Mama essuie une larme et Papa fait
semblant d'être furieux. Il a de l'estime pour mon fiancé. Il
m'observe avec orgueil. Ma tenue vient de Paris. De la toute
nouvelle maison ouverte par Dior, qui sait sublimer le corps
des femmes. C'est Mama qui a insisté, et mon fiancé qui a*

payé. Il n'a encore rien vu. Ma taille est haute et ceinturée par un immense ruban noué sur les reins. Taffetas de soie pour la robe et dentelle de Bruxelles pour le voile. Une guêpière fait ressortir ma poitrine et deux jupons de maintien arrondissent mes hanches. Une splendeur !

Lobby enfin, malgré l'aide du garçon d'étage je m'extrais de l'ascenseur avec difficulté. Mama, Georgie Boy et Tina montent dans la Bentley de ma sœur. Mais où est Onassis ? Je m'engouffre dans la limousine avec Papa. Le temps est ensoleillé, oui l'Olympe me bénit. En remontant Madison, mon regard se perd, mon esprit divague. J'imagine la vie de tous ces gens qui se précipitent vers un ami, un rendez-vous, leur travail. Je songe que j'ai plus de chance qu'eux. Moi aussi, je suis terriblement pressée, mais c'est vers mon destin que je cours. Partout des restes de la grande parade d'Halloween, des balais abandonnés, des chapeaux pointus envolés, des citrouilles grimaçantes et des papiers de bonbons. On a fêté la mort, place à la vie ! Que les sorcières s'en retournent chez Hadès, l'amour est célébré aujourd'hui !

C'est l'heure magique qui teinte les gratte-ciel d'or et de paillettes. Le soleil monte, il se joue du verre et de l'acier, il se reflète dans le pare-brise, éblouit notre chauffeur qui ralentit. Nous tournons à l'angle de la 74ᵉ Rue, la voiture roule plus doucement. J'ai tout mon temps, je sais que Niárchos est là. Encore quelques mètres, quelques minutes. Voici la cathédrale de la Trinité. La Bentley s'arrête. Tina, Georgie et Mama en descendent. La Cadillac de Papa s'immobilise à son tour. Les gens s'agglutinent sur le trottoir. Pour moi ? Papa descend et me tend le bras. Des dizaines de journalistes mitraillent à tout-va. Les flashes cré-

pitent. Tout devient flou, un coup de vent, les feuilles d'automne forment un tourbillon et m'aveuglent. Tina redresse ma couronne. Elle est ma demoiselle d'honneur. Je n'en voulais pas d'autres.

– Redresse-toi, murmure-t-elle en souriant aux paparazzis.

Papa émet un gloussement d'orgueil. Mon incrédulité fait peine à voir. Les photographes s'en donnent à cœur-joie. Pour moi vraiment ? Mais qui suis-je pour les attirer ? Une jeune femme de vingt et un ans à l'air un peu trop sage. J'ai coupé mes cheveux. Il me l'a demandé. Il a raison, c'est bien plus distingué. Ma nuque est dégagée, des boucles brunes en accroche-cœur encadrent mon visage. Cela me vieillit aussi. Tant mieux, cela ne fera que réduire notre différence d'âge. Dix-sept ans à peine. Quelques minutes encore avant de le retrouver. C'est moi qu'il a choisie. Alors que toutes les filles de New York en étaient folles. Moi seule. Le drapeau d'or, frappé de l'aigle bicéphale noire tenant dans ses serres un sceptre et un globe impérial, flotte sur le fronton de la cathédrale.

– C'est l'illusion de l'été, me souffle Tina en se penchant pour arranger mon voile.

– C'est la magie de l'automne !

– Tu es ravissante.

– Où est ton mari, Tina ?

– Regarde, le tien t'attend.

Au bras de Papa, je marche vers mon destin. Mon fiancé est au pied de la cathédrale. Les paroles de Matthieu me reviennent à l'esprit : « Tu es la lumière du monde. » Niárchos est la mienne. Je ne distingue ni les amis de mes parents, ni le sourire de ma sœur, ni la maison de Dieu avec *ses dorures et ses richesses. Je ne vois que lui. Ses yeux intelligents, mélancoliques, cette étincelle jaune qui lui donne l'air d'un loup. Sauvage et aristocratique à la fois. Il est magnifique dans son uniforme naval en sergé de soie. Il possède les manières et l'élégance, la sophistication et la puissance. Il me tend un bouquet de narcisses et de bleuets. Puis saisit mon visage entre ses paumes et dépose un doux baiser sur mes lèvres. Et nous pénétrons dans la cathédrale derrière l'archevêque Athënagoras. Le chant des religieux envahit l'oratoire, les lustres scintillent, les icônes nous accordent leur bénédiction, les femmes s'assoient à droite, les hommes à gauche. Il y a les Lykiardopoulos et les Goulandris, les Stathatos et les Venizélos, quelques play-boys internationaux, des gourgandines, des parasites. Nous nous retrouvons sous la haute protection du Christ Pantocrator. De l'alpha à l'oméga, j'appartiens à Niárchos. Trois fois de suite, Tina échange les couronnes de gloire et d'honneur au-dessus de nos têtes. Nous buvons la coupe de vin, comme aux noces de Cana, sans en renverser une goutte, pas de mauvais présage. Nous allons tout partager, nos joies comme nos peines. Et trois fois de suite nous tournons autour de la Croix et de la Bible pour témoigner ainsi du lien infini qui nous lie.*

— Vous serez unis jusqu'à ce que Dieu vous sépare, assure l'archevêque en nous tendant la bible incrustée d'or et de pierres dures.

Nous quittons la cathédrale sous une pluie de riz, les chants religieux résonnent, l'émotion nous submerge. Tina s'est mariée il y a un an, ici même et pourtant rien n'est pareil. Papa et Mama sourient, apaisés. Une fougue inattendue me saisit. Ce baiser que nous échangeons sur le parvis de la cathédrale, les effluves de son parfum qui m'enivrent, le masque de la béatitude plaqué sur mon visage. Il n'a jamais douté de ma réponse. Avant même qu'il me demande en mariage, il savait que j'allais accepter. Il ne plie devant aucun obstacle. Il me répète que je suis belle. On l'appelle le « Golden Greek », c'est mon mari. J'ai besoin de le toucher, de prendre sa main, il est beau comme le péché.

– Bébé, tu m'appartiens, n'est-ce pas ? souffle-t-il.

Au prix d'un effort surhumain, j'arrive à prononcer oui. Je suis bouleversée. Il me serre dans ses bras. Par-dessus son épaule, je croise le regard cynique et amusé de ma sœur. Mais pourquoi ?

La Terrace Room du Plaza nous accueille avec encore plus de faste que pour les noces de Tina. Ce côté château Renaissance plaît tant à ceux qui ont de l'argent, il leur procure une légitimité ancestrale. Les chandeliers conçus par le frère d'Harry Winston sont une copie de ceux de Versailles. Des feuillages s'entortillent autour des balustrades, ils sont entremêlés de fruits et de fleurs d'oranger. Les lieux se sont parés des couleurs de l'automne, avec un rien de paradis perdu. La porcelaine de Chine est incrustée de nacre, les verres à pied viennent de Murano, et plus de trois mille bougies diffusent un éclairage de fin du monde. Une pluie d'or et de cristal. Mais qui a parlé de malédiction ? Pourquoi Tina pleure-t-elle ? Mon petit frère, Georgie Boy, regarde ailleurs. Soudain, j'ai peur. Que se passe-t-il ? Je voudrais un peu d'eau, j'ai la tête qui tourne. Je suis la mariée. Oui, c'est moi l'aînée. Quoi ? Des journalistes ? Bien entendu qu'ils sont invités. Oui, maintenant nous sommes deux à faire les unes des journaux, je suis l'aînée.

Mais qui est cette bande de noceurs ? Certains sont déjà affalés sur les canapés. Papa est abasourdi. Mama précise que les choses s'arrangent avec le temps et les enfants. De quoi parle-t-elle ? Les femmes portent des tenues signées des couturiers français, Worth, Paquin, Callot, Doucet. Elles s'attardent devant les miroirs, peignent leurs lèvres de couleurs criardes, puis se tournent vers leurs cavaliers aux faux airs de dandys anglais dans leurs habits coupés à Saville Row. Les dieux aiment les mondanités, l'alcool et les ragots. Tina ne perd pas une occasion de danser. Avec tout le monde et n'importe qui. N'est-ce pas mauvais pour le bébé ? J'ai l'impression que ma petite sœur se crucifie en public. J'entends des murmures :
– Déjà ?
– Oui, on l'a toujours su.
– Bien sûr, qu'il la trompe à tour de bras.
– On dit même qu'il la bat.
– Ah, cette vieille canaille rabougrie !
Mais où est l'homme-singe de ma sœur ? Les conciliabules s'évanouissent sur mon passage. Mon mari s'incline devant ces dames et flatte leur beauté avant de m'étreindre, il m'appelle son incomparable déesse. Artémis, je sais. Tina titube, je saisis son bras et l'entraîne dans une alcôve. Pourquoi faut-il que certaines histoires soient maudites dès le début ?
– Ton mariage, Eugénie, c'est la copie conforme du mien, sauf qu'il ne neige pas !
– Non, mon époux est extraordinaire. Pas le tien.
– J'ai eu la cathédrale orthodoxe, les chants byzantins, j'ai eu la Terrace Room.
– C'est quoi, ces bleus ?

– *Tu le sauras bien assez tôt, ma chérie.*
– *Que dis-tu ?*
– *Que la violence décuple le plaisir sexuel et qu'un corps couvert de marques est un trophée de choix.*
– *Arrête, je t'en prie.*
– *Tu n'y échapperas pas.*
– *Je déteste ton mari, Tina. Où est-il ?*
– *Moi, j'adore le tien. Il était amoureux de moi autrefois, tu le savais ? souffle Tina d'un air conspirateur.*
– *C'est faux.*
– *Je l'ai éconduit pour Onassis !*
– *Quoi ?*

Tina file, énigmatique, s'étourdissant bientôt dans un tango indécent au bras d'un play-boy. L'absence d'Onassis ! On ne parle que de ça. Papa est en pleine conversation avec ce radin de J. Paul Getty, son vieil ami. Leur grand jeu, quand ils déjeunent ensemble, est de savoir qui fera payer l'addition à l'autre. Les pourboires ? Il ne faut pas y compter.
– *Mon cher Livanos, heureusement que vous n'avez que deux filles, ça va vous coûter une fortune ces mariages !*
– *J'ai déduit le prix de chacun de la dot de la mariée !*
– *Ce côté parvenu chez ton gendre, soupire Embiricos qui les rejoint.*
– *Qui, Niárchos ?*
– *Non, l'autre. Onassis !*
– *Ne m'en parle pas. Même en smoking, il a l'air d'un gangster, mais il est malin !*
– *On va se mettre à compter les points. Tes gendres se détestent, Livanos, le* shipping, *c'est chacun pour soi et Dieu pour tous, je parie pour Onassis, assure J. Paul Getty.*

— Pari tenu. Niárchos va l'anéantir, rétorque Embiricos.
— D'autant que Niárchos empoche la dot. Onassis, lui,
n'a eu que les miettes, il est vert de rage ! Il a tout fait pour
empêcher ce mariage.
— La dot d'Eugénie...
— Personne n'en connaît le montant.
— Si, Onassis. Et c'est pour cela qu'il fait la gueule !

Voilà l'explication. La dot de la mariée. Papa vient de
jouer un tour de cochon à Onassis. Mon mari me rejoint.
Il a cette façon affectée de parler, au début je pensais qu'il
avait un défaut de prononciation, c'est juste son côté snob.
Howard Hughes nous félicite. Lui aussi s'exprime étrange-
ment, Niárchos m'explique :
— Quand tu es riche, Eugénie, celui qui t'écoute doit
tendre l'oreille.
Chez mon mari, tout est contrôlé. Quand il s'assied, c'est
sans mouvement. Il est très difficile de capter son regard.
Un regard de faucon, menaçant comme un fusil chargé.
— Quand une histoire d'amour se termine mal, je suis
atterré, je pleure. Je ne supporte pas l'échec, avoue Niárchos.
— Il n'y aura pas d'échec.
— Et des enfants ?
— Autant que tu voudras.
— Je veux fonder une dynastie, je veux des petits-enfants,
des arrière-petits-enfants, un nom qui traverse le siècle.
— Tu l'auras, je te le promets. N'aie pas peur.
— Je n'ai peur que d'une chose, Eugénie, c'est de la pau-
vreté.
Il a trente-huit ans. Il est fait d'acier et a une volonté
indomptable. Il est tendu vers un but unique et rigoureux,

sa fortune. Sa flotte est le double de celle de l'Angleterre. Il est chez lui partout. Londres, New York, Saint-Moritz, Ascot. Il est l'ami des princes, l'intime des politiques. Il n'en finit pas de faire parler de lui et il adore ça.
— Il est membre du Royal Yachting Club d'Athènes.
— Il est horriblement snob. Savez-vous qu'il souhaitait être anobli par la reine ?
— Et alors ?
— Alors, rien naturellement.

Nous nous retirons enfin. Une suite démesurée, à quelques mètres de l'appartement familial. Des bouquets de fleurs par dizaines, des cadeaux entassés et ce lit menaçant dans la pénombre. Va-t-il goûter à la sensualité à laquelle il est habitué ? Je me souviens des paroles de Tina. Faire semblant. Non, sûrement pas. Je veux le plaisir, l'amour, le désir. Je veux tout ce que Tina n'a pas. Sa main experte libère ma poitrine. Il empoigne ma nuque, sa bouche me dévore, il soupire qu'il est le plus heureux des hommes. Il me rend audacieuse. Son corps pressé contre le mien. J'en ai une envie folle. Arrachés le taffetas, la dentelle. La pâleur de ma peau, le regard de Niárchos. Il m'observe. Recule. Ai-je commis un impair ? Je me sens si misérable soudain. Ses lèvres s'étirent. Est-ce un sourire ? Comme une biche prise dans les phares d'une voiture, je suis nue au milieu de cette chambre immense. Offerte, apeurée, déjà blessée. Il dégrafe ses boutons de manchettes et les pose avec soin sur la table de nuit. Sa chemise est béante sur un torse ferme et bronzé. Mon ventre me brûle. Je le désire ardemment. Il est sur moi brusquement et me plaque contre le mur. J'ai mal. La poignée du placard lacère mes reins. Je m'imaginais Aphrodite émergeant de son coquillage et me voilà collée contre une cloison. La nuit baigne dans une lumière bleutée. Il n'y a pas de lune. C'est le mariage du siècle, des décennies plus tard, on en parlera encore.

Zeus et Poséidon

Le chic de Niárchos n'est pas une légende, songe Eugénie en observant son mari sortir de la salle de bains. Quelle heure peut-il être ? Les rideaux sont tellement épais qu'il est impossible de deviner si le jour est levé. Niárchos a laissé la porte du dressing ouverte. Eugénie l'entend pester, il a perdu ses boutons de manchettes et laisse la lumière allumée en sortant. Cet homme est né égoïste. Il possède une sensualité même dans l'art de nouer sa cravate. Et pourtant le coup d'œil qu'il jette dans le miroir en glacerait plus d'un. Eugénie s'étire, puis décide de rester au lit. Pourquoi bougerait-elle ? Elle n'a rien à faire ce matin. Être prête pour lui, quand il aura besoin d'elle.

– Où vas-tu chéri ?

– Au bureau, répond-il en disparaissant dans le couloir.

Quoi de plus explicite, si ce n'est que ses bureaux sont à Londres ? Ils occupent quatre ravissantes maisons géorgiennes dans Mayfair. Et Niárchos vit au cœur de Manhattan. Logique imparable. Eugénie se souvient soudain qu'il a évoqué un concert. Elle enfile un déshabillé en soie et se précipite à sa suite. Elle le trouve dans le salon, debout, en train d'allumer un Papastratos n°1, une tasse de café brûlante sur la table basse, une foule de câbles entassés devant lui, il tient le combiné du téléphone à la main.

– Tu avais parlé d'un concert, je crois…
– Oui, Horowitz, demain soir, Carnegie Hall.
– Mais Stáv, si tu pars à Londres…
– Je serai là, Eugénie, retourne te coucher, il est à peine quatre heures.

Puis il reprend sa conversation, Eugénie n'existe plus. Elle traverse le long couloir tendu de velours et retourne dans leur chambre. Elle éteint les lampes de chevet et se glisse sous les draps. Ils ont le temps d'être ensemble, ils ont toute la vie, songe la jeune mariée de vingt et un ans en fermant les yeux. Elle pense à leurs joutes amoureuses si troublantes. À ses caprices dominateurs. De lui, elle accepte tout. Il en est fier. D'elle, comme de la relation qu'ils ont établie.

En dépit d'une vie mondaine étourdissante, Niárchos a décidé de faire de son épouse une femme cultivée. L'intelligence et la générosité, elle les possède déjà. Ils assistent ensemble aux ventes chez Christie's, passent leurs soirées à Broadway, courent les dernières expositions, fréquentent les marchands d'art, vont dans les musées, et même aux puces ! Niárchos enseigne à son épouse la peinture moderne, la musique classique, la philosophie des Lumières…

– Tu sais tout sur tout. Et moi rien.
– Ce n'est pas grave, écoute-moi, bébé.

Oui, et avec attention. Car c'est un conteur. Il lui

raconte le cristal de Bohème, l'histoire de Baccarat, celle de Lalique. Et puis la joaillerie, les frères Cartier. Comment naît un empire, comment on le perd. L'orientalisme chez les écrivains français. Pourquoi Delacroix a peint son *Odalisque*. Ce qu'elle représentait pour lui. Ce qu'est une huile sur bois.

– La photographie venait tout juste de naître, c'était en 1857 et des poussières. Delacroix a eu l'idée de fonder avec son copain Durieu la Société héliographique.

– Qu'est-ce que l'héliographie, Stáv ?

– Une technique d'impression des images photographiques sur papier. Ils ont pris de nombreux daguerréotypes de nus, des gens étaient payés pour poser, des inconnus...

– Mais alors, cette odalisque n'est pas une odalisque, c'est juste...

– Une jeune femme nue, peut-être une Parisienne, auréolée des souvenirs du Maroc du peintre. L'imagination vaut tellement mieux que la réalité, Eugénie, elle est si riche. La réalité est lisse, le fantasme et le rêve la parent des désirs les plus fous, c'est ce qui fait jaillir la magie, tu comprends ?

– Je crois. Pour te garder, je dois user du fantasme, me renouveler, sinon tu me quitteras pour une autre.

– Tu sais pourquoi je t'aime, bébé ? C'est parce que tu es encore plus intelligente que tu es belle. Et quand tu es loin de moi, c'est ton intelligence qui me manque. Puis ton corps. Et enfin ta douceur.

Niárchos apprend le goût à Eugénie, il la façonne. Un être raffiné, un professeur, un mécène. Pygmalion élabore sa statue d'ivoire. Aux yeux de la bonne société new-yorkaise, Niárchos et Eugénie incarnent l'aristocratie, ils sont pétris d'élégance et d'esprit au-delà de toutes limites. Ils symbolisent le nouveau monde, attirent les regards, deviennent bientôt avant-gardistes. Niárchos pose même pour Dalí. Le maître commence par peindre la tête. Mais Niárchos doit revenir poser. Ce qu'il déteste. Alors Dalí ajoute le corps d'une femme. Et c'est cette saleté d'Onassis qui achète la toile !

Des peintures impressionnantes ornent les murs de Sutton Place. Il y a deux Renoir dans la salle à manger. Gauguin, Cézanne et Degas se partagent l'immense salon qui domine l'East River. Le Rouault est dans la bibliothèque, accroché au milieu des incunables, Manet orne la suite nuptiale. Niárchos aime l'art. Quand il apprend que l'acteur Edward G. Robinson vend sa collection, il se précipite. Ça rapporte de jouer les gangsters ! Niárchos n'a vu aucun de ses films, ni *La Maison des étrangers*, ni *La Femme au portrait*, ni *Le Criminel*. Même pas *Key Largo* ! Il n'est pas fan de cinéma, mais a toujours eu un faible pour les actrices. Robinson a édifié une collection extraordinaire. La fameuse *Odalisque* de Delacroix, mais aussi *Jane Avril dansant* par Toulouse-Lautrec et ce tableau qui suivra Niárchos dans chacune de ses maisons, *Les Cavaliers sur la plage* de Gauguin…

– Qui est le père Tanguy ? interroge Eugénie en feuilletant le catalogue. Dis-moi, Stáv chéri, assistons-nous à la vente ?

– Certainement pas. Nous achetons par téléphone, c'est plus discret. Le père Tanguy était un Breton, un marchand de couleurs. Il comptait parmi ses clients les plus grands peintres, dont Van Gogh qui a peint ce portrait.

Pendant qu'Eugénie se familiarise avec la peinture, le pauvre Edward G. Robinson se fait plumer par son ex-femme Gladys, une véritable garce qui accepte de divorcer moyennant finances. Robinson est tombé fou amoureux d'une jeune styliste, Jane Arden. Niárchos achète soixante-huit toiles. Il y en a pour près de trois millions de dollars. L'acteur a mis plus de trente ans à les rassembler, Niárchos met trente secondes à les acquérir. Dont quatre Gauguin, quatre Cézanne, quatre Degas, neuf Renoir, sept van Gogh, plusieurs Toulouse-Lautrec, Goya, Matisse, Delacroix, Corot... et une remarquable sculpture de Degas.

À leur arrivée, Niárchos, agité comme un enfant, compte les caisses. Il y a de la paille de papier et des feuilles de bulle partout, de la mousse en polyéthylène et des plaques en Isorel. Les trésors sont extraits l'un après l'autre, Eugénie ne sait plus où regarder. Cette jeune fille avec le chapeau à plume rose ressemble un peu à Tina.

– Renoir, indique Niárchos qui devine toujours ses questions.

– Et celui-là, on dirait deux sœurs penchées sur leur cahier.

– Pour toi ma chérie, Renoir toujours. Tu choisiras sa place.

Eugénie est abasourdie. Elle a conscience de la valeur des tableaux, elle est sensible avant tout à leur beauté.

– Regarde, ma préférée. La *Pietà* peinte par le Greco ! La délicatesse des mains du Christ, le regard empli d'amour de la Vierge. Tu vois chérie, tous ces tableaux, c'est uniquement pour le plaisir et pour la satisfaction qu'ils me donnent. Ce n'est pas un investissement, non c'est mieux, c'est une sensation.

Il faudra bien quelques bateaux et autant de demeures pour rendre hommage à cette fabuleuse collection.

Eugénie est heureuse. Du moins, elle s'en persuade. Elle boit un verre avec Tina au Morocco pour vérifier. Cette dernière force sur le Dom Pérignon. Elle a les yeux battus et le teint vert. Eugénie presse sa main dans un élan d'amour. Assises sur les banquettes en peau de zèbre, les jeunes femmes voient défiler tout ce que New York compte de célébrités.

– Oona O'Neill ressemble de plus en plus à Blanche-Neige.

– Oui, dans son cercueil de verre.

– Mon nez est trop long, je vais…

– Oh arrête, Tina !

– Comment va ton mari ?

– Il peste contre le tien.

Elle rit.

– Garçon, deux autres coupes !

La guerre est déclarée. En public, ils donnent le change, mais deux Grecs cousus d'or, c'est un de trop ! Un soir, en plein dîner chez les Vanderbilt, dans leur maison de la 5e Avenue, Niárchos claque la porte sans explications. Il est hors de lui. Eugénie se précipite à sa suite, oubliant son vison, et s'engouffre dans la Rolls Silver. Son mari est blême.

– Mais Stáv, que se passe-t-il ?

– Rockefeller vient de m'apprendre que la Metropolitan Life Insurance Company a prêté quarante millions de dollars à Onassis. Quarante millions, tu te rends compte ! Il va prendre le marché des *super tankers*. Je te jure que je ne vais pas me laisser faire.

– Cela ne pouvait pas attendre la fin du dîner ?

– Non, car je vais lui préparer une surprise à laquelle il ne s'attend pas.

– Quoi ?

– Tu verras.

Elle le sent fébrile, elle adore ça. Ils émergent de la voiture sous une pluie battante et pénètrent dans le lobby de Sutton Place. Ils ne prononcent pas un mot dans l'ascenseur. Une goutte d'eau coule sur ses épaules. Elle laisse glisser sa robe moirée sur le marbre de l'entrée, oublie ses perles sur les consoles baroques du couloir et ses escarpins quelque part entre le nord et le sud, cet appartement est immense. Vêtue de ses seuls gants de soie, Eugénie Niárchos emprunte le couloir qui mène à leur chambre.

– Commence par me faire un bébé et tu assassineras Onassis ensuite, mon chéri !

Il ne répond pas, mais elle le sent derrière elle. Il attrape sa taille, lui mord la nuque et murmure :

– Un héritier pour léguer ma fortune. Une dynastie pour traverser le siècle.

Il la tient serrée tout contre lui. Sa paume descend le long de son ventre, agrippe son sexe. Il l'immobilise. Niárchos possède une force animale. De son autre main, il serre son cou. Elle suffoque, il souffle dans son oreille :

– Ne me parle plus jamais de ce bandit. Tu as compris ?

Elle acquiesce, à bout de souffle. Elle respire avec difficulté. Il l'observe avec froideur. Elle recule, s'appuie contre le ciel de lit, elle porte toujours ses gants, elle se sent désirable. Il aime sa terreur. Sa chemise est béante, il détache les tirettes de serrage et son pantalon glisse. Elle trouve que son mari a une allure folle, surtout quand il s'apprête à lui faire un enfant. Il s'approche avec douceur, embrasse sa taille, son ventre, il la fait descendre le long de son torse, elle avale ses mamelons, le bout de sa langue tape contre les tétons, elle sent le corps de son mari se tendre, sa cage thoracique gonfler, le bout de sa langue explore les sillons intercostaux, puis remonte à sa poitrine qu'elle écrase, il soupire d'aise.

– Raconte-moi des histoires Eugénie, et je ne partirai jamais.

– Tout ce que tu veux Stáv.

– Avec qui ?

– Qui tu veux.

– Continue, raconte encore.

– Je ne sais pas…

Eugénie a de l'imagination, mais beaucoup trop de pudeur. Son amour incommensurable pour Niárchos l'empêche de se conduire comme une traînée. Dommage. Il lui a pourtant mis le marché en main. Car tout n'est qu'une question de contrat pour le *golden Greek*. Troublée, la jeune femme s'endort entre les bras de son mari. Elle a le temps d'entendre le déclic du téléphone.

– Passez-moi monsieur Hoover.

Onassis a toujours eu un faible pour le cinéma. Bien avant son mariage, il accumule les liaisons avec des actrices. Paulette Goddard, Veronica Lake et même Gloria Swanson qu'il fauche à cette fripouille de Joe Kennedy. Il passe ses nuits au Twenty-One en compagnie d'Otto Preminger et Spyros Skouras, dont la plus grande gloire est d'avoir découvert Marilyn. C'est à ce moment-là qu'il se met à sérieusement intéresser le FBI. Hoover et ses limiers accumulent les dossiers. Onassis se plaît aussi en compagnie des putains dans les rades des petits ports. Hoover adore ce genre de fréquentations, sa surveillance s'intensifie. Tous ces endroits, tous ces gens que Tina vomit. Tina qui s'ennuie. Tina qui grossit, enceinte et fatiguée. Elle n'a envie que de chic et de légèreté. Son mari occupe les potins de la commère Louella Parsons. Niárchos n'occupe que le carnet mondain.

Un soir, au bar du Saint-Regis, Onassis et Tina trinquent avec Dodero accompagné d'Evita Perón en tournée diplomatique, Niárchos est assis à une table au fond de la salle. Il converse avec lord Snowdon. Tina porte une robe

d'un bleu étourdissant et des émeraudes à tout casser, elle a trop bu, il faut l'aider à marcher jusqu'à la voiture.
– Elle couche avec qui ? bafouille Tina.
– Qui ça ? bougonne Onassis en tirant sur son Cohiba.
– Eva Perón.
– Personne. Elle est venue chercher des fonds pour ses bonnes œuvres, rétorque-t-il derrière ses lunettes noires.
– Tu lui as fait un chèque ?
– Il faut toujours être bien avec les femmes de dictateurs. Va dormir.
La discussion est close.

Partout où il est, Onassis croise Niárchos. Et là où il n'est pas, Niárchos y est. Ainsi à Ascot, chaque année, Niárchos, en haut-de-forme, salue la princesse Margaret et négocie des pur-sang pour son écurie. Onassis n'y met pas les pieds. Vous l'imaginez en haut-de-forme ? Niárchos fraye avec l'aristocratie européenne, Onassis avec les cheiks arabes. Niárchos est invité dans les grandes chasses d'Élie de Rothschild et du marquis de Blandford. À Badminton House chez le duc de Beaufort, il trotte derrière un renard et saute les haies en compagnie de la duchesse de Devonshire.

Qu'à cela ne tienne, Onassis décide de revisiter la vénerie selon ses propres codes. Au Chili. En plein Pacifique. Avec des baleines. Il convie ses meilleurs amis et quelques journalistes. Il affrète un yacht avec à son bord vingt membres d'équipage. Flots de champagne, vieux porto, caviar, cigares, ils sont bientôt tous éméchés, rient aux éclats mais ne savent pas pourquoi. La chasse, c'est avant tout une tactique. Un art autant qu'un sport. Un avion repère les cétacés, puis des corvettes entourent les bancs d'animaux. Un hélicoptère rapproche ceux qui le souhaitent du cœur de l'action. Et les harponneurs s'en donnent alors à cœur joie. C'est une hécatombe, un carnage ! La mer est rouge de sang, l'odeur suffocante, les animaux agonisants râlent encore. Une baleine met des heures à mourir. En cinq jours, cent soixante-dix seront tuées. La plupart ne sont pas encore adultes. D'ailleurs, la chasse n'est même pas ouverte. Agacé, Onassis constate que le cours de la baleine est bien en deçà de ce qu'il pensait, il ne recommencera pas.

– Les dés étaient pipés, cela ne m'a rapporté que quatre millions et demi de dollars.

– Tu n'es qu'un sauvage, l'interrompt Tina, dégoûtée.

Le vieux Livanos est dépassé. Lui qui a toujours basé sa fortune sur le *cash*, il est effaré de voir ses deux gendres se conduire avec tant de mégalomanie.

– Moi, tout ce que je veux, ce sont des petits-enfants, murmure Arietta qui a bien compris que pour ses filles, la vie en rose, c'était cuit.

Eugénie apprend la peinture moderne, Tina vomit par-dessus bord, quant à J. Edgar Hoover, il compte les points.

Le 30 avril 1948, naît Alexandre Onassis au Mount Sinaï Hospital. On lui a donné le nom de l'oncle d'Aristote, celui qui a été pendu haut et court par les Turcs lors du sac de Smyrne. Un bon départ dans la vie ! Tina est ravie, décorative et totalement inutile. Elle pousse son personnage de mondaine évaporée à la perfection. Maîtrise l'art de la figuration, soigne ses ongles, ses cheveux, sa silhouette. Et de temps en temps, jette un coup d'œil au bébé.

– Bingo, un héritier ! Je suis fier de toi, murmure Onassis en lui tendant un écrin rouge et doré.

Il a les yeux fixés sur le petit être qui sourit aux anges dans son sommeil. Des anges ? Oh non, ce sont les Érinyes qui se penchent sur le berceau. Les filles d'Ouranos sont béates d'admiration, elles attendent la suite avec impatience.

– Et dire que Niárchos n'a toujours pas d'enfant ! poursuit Onassis.

– Tu peux l'oublier une heure dans ta vie ? demande Tina en évaluant la manchette sertie de diamants jaunes et de rubis.

– C'est lui qui ne peut pas. J'ai toujours une longueur d'avance ! Quand je boucle un *deal*, il est encore en train d'y penser ! lance-t-il en partant.

Au cap d'Antibes. Au château de la Croë exactement, une sublime demeure face à la mer avec sa plage privée. L'endroit culte de la *café society*. Les Windsor y ont séjourné pendant près de dix ans. Le duc, ce raseur-né, n'a plus les moyens d'entretenir cet écrin. Et c'est alors Onassis qui le loue. Le château date des années vingt et ressemble à un gâteau victorien. Genre *plum-pudding* bien crémeux. Douze hectares de parc, un belvédère, une piscine de quinze mètres taillée dans la roche, une baignoire en or, et des gouvernantes, des femmes de chambre, des cuisiniers, valets de pied, chauffeurs, jardiniers et de nombreuses dépendances pour loger tout ce petit monde. Tina touche à peine à la décoration des anciens locataires. L'ensemble ayant été aménagé par Stéphane Boudin, le très en vogue décorateur de la maison Jansen. C'est raffiné et la terre entière a été reçue ici. Pour Onassis, ce n'est qu'une carte de visite. Il est satisfait de voir les gens se presser chez lui. Comme lord Beaverbrook, curieux de savoir qui se cache derrière ce gangster dont on dit le plus grand mal.

– Moi, je l'appelle Harry, c'est un chien fou ! Il est amusant, c'est un collectionneur. De gens, de femmes surtout. Mais Niárchos vaut beaucoup mieux. Au moins, lui est de notre monde. Onassis ? Un véritable représentant de commerce. Réfléchissez à deux fois avant de le recevoir. Mais sa femme est ravissante. Et sa belle-sœur, d'une douceur, une rose anglaise.

En tenue de plage grège, son chapeau de paille à la main, Eugénie s'extasie devant les jardins suspendus de la Croë, la profusion de fleurs, le miroitement de la Méditerranée, et cette maison si blanche, un vrai piège à soleil. Finalement, Poséidon n'est pas si débauché que ça, songe-t-elle en se penchant à son tour sur le berceau de l'héritier, Alexandre. Le bébé est doré, il n'a rien d'une hydre, d'un cyclope ou d'un triton. Eugénie voudrait le bercer, il se met à brailler comme si on l'écartelait, la nounou surgit et embarque l'importun. Tina est bronzée, d'une minceur époustouflante. Un sompteux maillot de bain marine met en valeur sa poitrine et l'étroitesse de ses hanches. Cet enfant est-il vraiment le sien, se demande Eugénie.

– Comme c'est bon d'être à nouveau toutes les deux,

soupire Tina en ajustant ses lunettes noires. Pourquoi ne nous voyons-nous plus ?

— Parce que mon mari évite les dîners où il sait qu'il peut rencontrer le tien, répond Eugénie en enduisant son corps de crème solaire.

Elle allonge ses jambes fines sur l'épais matelas bleu roi. La piscine est divine, les deux sœurs y passent l'essentiel de leurs journées. Parfois, elles nagent.

— Je suis enfin enceinte, avoue Eugénie.

— Moi aussi. À nouveau. Tu crois que nos enfants vont s'aimer ? interroge Tina. Et si nous allions au casino ce soir ? À Monte-Carlo ?

— Il paraît que c'est d'un ennui mortel. Les étrangers n'y viennent pas, le prince lui-même ne sait plus quoi faire pour égayer l'endroit… S'aimer, nos enfants ? Bien entendu. Autant que toi et moi, assure Eugénie en tirant sur sa cigarette.

Plein soleil, chaleur caniculaire. Les sœurs Livanos recherchent l'ombre sous la cantonnière rayée rouge et blanc. Un maître d'hôtel dépose des Pimm's et des sandwiches de la taille d'un domino.

— C'est amusant, remarque Eugénie.

— Nous avons gardé le personnel des Windsor, d'où certains anglicismes…

— Et cette odeur de jasmin enivrante, cet endroit est un véritable joyau, je suis conquise, fait Eugénie en repoussant derrière l'oreille une mèche brune.

Quand il apprend l'état de sa femme, Onassis entre dans une rage folle. Il déteste voir son corps changer. Et puis, ils ont déjà un fils. La dynastie est fondée. Une gifle, puis une autre. Il a besoin d'une beauté pour recevoir la haute société, pas d'une dondon avec ses vapeurs. Tina accepte les coups et aime l'amour qui s'ensuit, la puissance de son mari. Elle tombe sur la table basse du salon. Elle espère que cela suffira. Elle a songé à l'avortement, mais a très peur de la malédiction. Quand on sait par quoi les Atrides sont passés...

Le 11 décembre 1950 naît Christina Onassis. Tina n'en revient pas d'avoir pondu un être aussi laid, le bébé ressemble à un troll.

– C'est une horreur ! Elle me donne des cauchemars. Peut-elle rester à la clinique le temps que cela s'arrange ? demande-t-elle, anxieuse, en rassemblant ses affaires.

– Non, Madame.

– Mais je vous paierai bien. C'est pour quelques mois seulement. Je vous laisse aussi les fleurs. Le reste, faites-le descendre, la Bentley attend devant.

– Impossible ! s'écrie Arietta, venue à la rescousse. Ne l'écoutez pas mademoiselle, lance-t-elle à l'attention de l'infirmière, choquée. Ma fille est épuisée.

Puis se tournant vers Tina :

– Les gens vont jaser, tu dois emmener ta fille avec toi, tu prendras des gouvernantes et tu l'oublieras vite !

– Oh Mama, elle est si moche ! pleurniche Tina en vérifiant sa mise en plis dans le miroir.

– À seize ans, tu pourras toujours lui faire refaire le nez.

– Regarde, elle a les yeux qui tombent ! Un véritable accent circonflexe !

– Quand elle sourit, on dirait que le ciel s'est abattu sur sa tête, remarque le vieux Livanos, effondré.

– C'est quoi cette enfant que tu m'as fait Tina ? Elle est affreuse ! s'exclame Onassis, stupéfait.

– Ton portrait craché !

– Heureusement je suis riche, on arrivera peut-être à la marier.

– Je ne suis pas certaine que sa cousine Maria accepte de jouer avec elle, bâille Eugénie en contemplant la petite chose.

Quelques mois plus tôt, Eugénie a donné naissance à Maria, un ravissant bébé brun et doré. Niárchos lui a offert une nature morte de Cézanne. Eugénie se demande où l'accrocher. Pour la naissance de Philippe, leur premier fils, elle recevra un diamant de chez Tiffany. Pour celle de Spyros, une toile du Greco. L'arrivée de Konstantin s'accompagnera d'un service de table en or, comptant cent quatre-vingt-six pièces et ayant appartenu à Louis XVI. Rien n'est trop beau pour Eugénie.

– Que veux-tu maintenant chérie ?

– La maison de Tina.

Lady Burton vient de mettre le château de la Croë en vente. Onassis est au Venezuela, Tina à Saint-Moritz. À leur retour, ils apprennent que Niárchos a acheté la propriété pour la bagatelle de six cent mille dollars. Ils sont estomaqués ! Furieux ! D'autant que les Niárchos donnent bientôt à la Croë des fêtes inoubliables. Toute la *café society* s'y presse. Charlie de Beistegui et Aude de Mun, les Cabrol en villégiature, Odette Pol-Roger, Mona Bismarck, les Faucigny-Lucinge, les Rothschild et les Noailles, Somerset Maugham, Cole Porter, les Rockefeller... Des jours heureux et paisibles pour les mondains, les midinettes et les homosexuels. Pour quelques millions de dollars, Niárchos se porte acquéreur chez Harry Winston d'un diamant de cent trente carats. Il est d'un blanc exceptionnel et taillé en poire. Eugénie en devient si lumineuse. Unique et remarquable, la pierre est nommée « le Niárchos » ! Deux fois plus gros que le diamant Cartier de Liz Taylor, murmurent les mauvaises langues. L'actrice, verte de jalousie, se fait inviter à la Croë pour vérifier. Et draine avec elle une foule de curieux. Force est de constater que la rumeur était fondée.

– Reprends ta caillasse, elle ne vaut pas tripette ! lance-t-elle à Burton, effaré, qui plonge dans son Jack Daniels.

Eugénie éclate de rire, ingurgite des cocktails, et ses propos se teintent d'incohérence. La façade se lézarde. Niárchos couche avec la star, c'est évident. Elle pense à sa sœur dont elle n'a plus de nouvelles depuis quelques mois. Tina prend des coups, Christina se cache dans les placards, Alexandre est la gloire de son père. Quant à Onassis et Niárchos, ils font toujours la même chose et ils la font bien, ils se haïssent !

Dans le canton des Grisons, à Saint-Moritz, Niárchos possède un chalet, exposé plein sud avec un immense jardin et une piscine en sous-sol. Il y fait accrocher le *Rabbin* de Chagall, puis l'*Olympia* de Manet. Un nu sublime de Segonzac et des aquarelles de Rouault.

– Oh Stáv, on n'arrivera jamais à tous les mettre, soupire Eugénie.

– Il suffit d'acheter d'autres maisons, lance Niárchos qui a réponse à tout.

Il est membre du Corviglia Club où il aime croiser lord Porchester, le duc d'Albe et le marquis de Salina. Excellent skieur, il descend tout schuss depuis le Piz Nair ou le Piz Corvatsch.

Tina débarque à son tour à Saint-Moritz. Elle aussi skie comme une reine, et s'empresse de se mesurer à son beau-frère. Eugénie est trop occupée à maudire Pamela Churchill qui a jeté son dévolu sur son mari. Tina entre dans la compétition, elle a toujours voulu posséder ce que les autres avaient. Et Eugénie a tellement. Tina se prend à rêver. Si elle avait choisi Niárchos, elle fréquenterait moins de ploucs, et sa fille ne serait pas aussi laide.

Frileuse et provocante, Tina, joue les trompe-la-mort sur les pistes pour impressionner son beau-frère. Le Grec a d'autres chats à fouetter, un business à faire tourner et des projets toujours plus pharaoniques. D'ailleurs, il est déjà reparti. Il a neigé toute la nuit dans la vallée de l'Engadine, Eugénie se réveille avec la nostalgie du bonheur enfui, l'angoisse lui cisaille le ventre. Elle a bientôt trente ans. Quelle est cette intuition ? Tina descend en jeep jusqu'à l'Inn avec Marina Cigogna, la petite-fille du comte Volpi, et l'Anglaise Sandy Whitelaw. La voiture dérape, fait une embardée, c'est l'accident. Marina se casse les côtes, Tina le nez et Sandy s'en sort sans blessure majeure. Pour un peu, elles finissaient toutes trois noyées dans le lac ! Tina est ravie, elle peut enfin se faire refaire le nez, elle est encore plus ravissante après. Ses cheveux sont platine et bouclés, l'ovale de son visage plus marqué, ses yeux allongés vers les tempes et son nez terriblement mutin.

– Il faut toujours que tu te fasses remarquer, soupire sa sœur venue lui rendre visite à la clinique de Lausanne.

– Prends une coupe de champagne, chérie, répond Tina, Ari a eu tellement peur que je devienne aussi laide que notre fille, qu'il m'offre un chalet en face du tien !

– Grand bien te fasse. On quitte la Suisse, Stáv vient d'acquérir un voilier.

Un voilier ? Non, le plus beau bateau du monde ! Le *Créole* est un trois-mâts de cent quatre-vingt-dix pieds de long, filant dix-neuf nœuds et déployant plus de deux mille mètres carrés de voilure. Construit en 1927 par les chantiers Campers & Nicholson, c'est un chef-d'œuvre, un véritable palace flottant. En teck du sol au plafond. La coque est noire en acier bordée de chêne, le pavois vernis, une frise dorée court sur chaque bord, le nom du bateau est inscrit en minuscules lettres d'or. L'équipage compte vingt-deux hommes en uniforme et gants blancs sous les ordres du commandant Yannis Frangoulis. Des fresques de Dalí ornent la bibliothèque. Le portrait de *Jane Avril dansant* par Toulouse-Lautrec est accroché dans le grand salon. L'expert des assurances est horrifié, l'air marin pourrait abîmer les peintures.

– Sur mon bateau, l'air est conditionné et son humidité contrôlée, explique Niárchos avec hauteur. Même la fumée des cigarettes est exfiltrée.

Les cabines sont tapissées de soie bleu pastel. Il y a du caviar pour le déjeuner et le cognac est centenaire. Niárchos reçoit le gotha international. Il organise avec Elsa Maxwell une croisière pour la reine Frederika de Grèce dont il est très proche. On croise à bord la marquise de Cadaval, le comte et la comtesse Rodolfo Crespi, le duc et la duchesse d'Argyll, ainsi que le duc et la duchesse de Cabrol. À la barre, Niárchos oublie tout. Même Onassis. Il perd sa froideur, il rit à gorge déployée, attrape Eugénie par la taille. Il est heureux comme un jeune premier. Il navigue toutes voiles dehors. C'est un marin extraordinaire, il a couru de nombreuses courses dont la Torquay-Lisbonne qu'il a remportée en 1946. On dirait Sir Thomas Lipton aux commandes du *Shamrock*.

– Il revit dès qu'il aperçoit la Méditerranée, explique Eugénie, éperdue d'amour.

– Nous sommes partis de la Côte d'Azur pour la Grèce, c'était merveilleux, raconte Daisy de Cabrol à Cynthia

Balfour. Oui, Stáv était à la barre. Mais il a refusé de faire escale avant d'arriver en Grèce. Huit jours de caviar, quel enfer !

Le 15 janvier 1954, Edgar Hoover déjeune au Pavillon sur la 55ᵉ Rue Est chez son ami français Henri Soulé. Il est en compagnie de son assistant Clyde Tolson, qui l'assiste surtout la nuit. Ils discutent de tout et de rien. Onassis arrive avec Spyros Skouras, on ne voit et n'entend que lui. Ses bureaux ne sont pas très loin, au 555 de la 5ᵉ Avenue. Le Fédora noir sur l'œil, les mains dans les poches de son costume bleu ardoise trop brillant, les lunettes double foyer, il a tout du bandit de série B, songe Hoover. Soulé se précipite et lui donne la meilleure table. Le serveur ne vient pas assez vite, Onassis tape sur son verre avec un couteau. Hoover est outré.

– Si on le balançait à la presse ? suggère Clyde Tolson.

– On va trouver mieux, assure Hoover en ouvrant à peine la bouche.

Un certain Johnny Meyer, détective privé, sera mis à contribution. Il est connu pour placer les micros les plus discrets aux endroits les plus adéquats. Les différentes maîtresses d'Howard Hugues en ont fait les frais. Johnny Meyer est un filou, un scélérat absolu, il a l'art de ne jamais être là.

Quelques jours plus tard, le 5 février 1954, Onassis déjeune au Colony. À la table d'angle, celle d'où l'on aperçoit toute la salle. Babe Paley est en compagnie de Gloria Vanderbilt, C.Z. Guest et Truman Capote. La duchesse de Windsor trinque avec Jimmy Donahue. Barbara Hutton tente de reconquérir Rubirosa. Oleg

Cassini console Rita Hayworth plaquée par Ali Khan...
Connivences, secrets bien gardés, on se délecte par le
menu d'histoires de sexe salaces, ou de non-consom-
mation de beaux mariages ! Finalement, rien de mieux
que de s'envoyer en l'air avec des inconnus ! Deux
hommes pénètrent dans le restaurant. Le patron, Gene
Cavallero, les reçoit avec déférence, puis se recule et, d'un
signe de tête, indique la table d'Onassis. Les deux
hommes s'approchent de ce dernier.

– Au nom de la loi, je vous arrête, lui dit le plus grand.

– Pardon ? demande Onassis, stupéfait.

– Veuillez nous suivre.

– Messieurs, le moment est mal choisi, je n'ai pas fini
de déjeuner.

– On peut attendre.

– Merci, et je me passerai de menottes.

La première chose que fait Onassis, c'est de convoquer
son avocat Edward J. Ross. La seconde, c'est d'appeler
Tina en hurlant pour lui dire que son connard de beau-
frère est enfin arrivé à ses fins !

– Quoi ?

– Cette ordure veut me faire boucler à Rikers Island !

Onassis est sous le coup de pas moins de six inculpations
au civil et d'une inculpation criminelle. Il a contourné la loi
et fraudé le fisc grâce au député Joseph Casey, qui a touché
un pot-de-vin de soixante-dix mille dollars. McCarthy, qui
ne fait pas dans la dentelle, décide de reprendre l'affaire.
La presse se déchaîne. Onassis est accusé d'avoir traité
avec l'ennemi pendant la guerre, établi des échanges
commerciaux avec la Corée, et donc tissé des liens sacri-

lèges en pactisant avec le diable. S'il n'est pas expédié en prison, c'est uniquement grâce à Edward J. Ross. Il faut dire qu'il le paye une fortune. Ils montent ensemble les marches du palais de justice de Washington. Caché derrière ses lunettes épaisses, Onassis écoute le juge Bolitha J. Laws lui lire les chefs d'accusation. Il plaide non coupable et s'acquitte d'une caution de dix mille dollars. La bataille va être longue, mais il a de l'argent et les meilleurs avocats pour la mener. Personne ne peut l'obliger à faire ce dont il n'a pas envie, même la justice américaine. Non il ne mettra pas les pieds en prison. En revanche, il bat sa femme comme plâtre ! Ça le calme. Et Tina débarque comme une furie chez sa sœur à Sutton Square.

– Tu le savais, sale garce, n'est-ce pas ? s'exclame Tina, en jetant un vase chinois de la dynastie mandchoue par terre.

– Non, répond Eugénie bouche bée, les yeux fixés sur les débris.

– Menteuse ! Il te dit tout ! Vous êtes fusionnels, tout le monde le sait.

Le regard de Tina s'attarde sur la *Pietà*. Mon Dieu, de quoi est-elle capable ? songe Eugénie, inquiète.

– Oh Tina, pardonne-moi, je m'en suis peut-être doutée, il y avait ces conversations…

– Salope ! Un jour, toi aussi tu paieras ! hurle Tina en fixant sa sœur avec fureur. Cela m'a valu une de ces raclées, regarde !

Elle enlève son chemisier. Son dos est lacéré. Eugénie est horrifiée.

– Ton maquillage est en train de couler, chérie. Viens dans la salle de bains. Sauvez-vous les enfants, c'est une conversation de grandes personnes, explique-t-elle aux petits qui s'en reviennent de Central Park avec la nounou.

– Oui nous tentons souvent de nous égorger mutuellement, avoue Onassis aux avocats chargés d'établir sa défense. Mais de temps en temps, nous nous réunissons autour de la table familiale et nous avons un comportement civilisé... grâce à nos femmes. Enfin, moi, j'ai un comportement civilisé. Niárchos jamais !

Il règne sur les mers d'opale, fend l'écume sans indulgence, déferle sur les Néréides aux cheveux entrelacés de coraux et de perles fines. Amphitrite, Thétis, Calypso, Ligie, elles sont plus d'une cinquantaine et Tina ne veut rien savoir d'elles. Qu'elles croupissent dans les profondeurs des grottes argentées avec leurs hippocampes, dauphins et autres dragons marins. Certes, Poséidon est à la tête de la plus importante flotte du globe, mais sa fierté, c'est son antre, le *Christina O.*, un palais flottant et fastueux, à l'image de sa toute-puissance et dégoulinant de vulgarité. Dans le genre kitsch, il décroche le pompon ! Avec ses lunettes à double foyer, Onassis n'y voit goutte. Et surtout pas les grimaces condescendantes des grands mondains.

Depuis qu'il se sait dans l'œil de mire du FBI, il fait attention. Il ne peut s'offrir un *tanker* américain, car il n'est pas américain. Il se porte alors acquéreur d'un ancien vaisseau de guerre canadien et le transforme à coups de millions de dollars. Cinq millions, pour être précis ! Le navire à coque blanche et bordure crème fait cent mètres de long. L'équipage compte quarante-cinq hommes, tous allemands, sous les ordres du commandant Kostas Anastasiades. À bord règne une discipline de fer. Le bateau est baptisé à Hambourg en 1954 du nom de la petite Christina qui vient d'avoir quatre ans. Tina n'a pas eu son mot à dire, elle le regrette. Quant à la décoration, elle n'y est pour rien.

– C'est d'un tape-à-l'œil, Ari ! lance-t-elle en baladant son air méprisant comme si c'était un sac à main.

– On t'a pas sonnée *Baby Doll* !

Tina a mal au cœur, mais ce n'est pas le mal de mer. Les planchers sont en marqueterie, les balustrades en onyx, les cheminées en lapis-lazuli, les baignoires en marbre de Sienne, la robinetterie en or. Les miroirs viennent de Venise, coquillages rares et ivoire garnissent leurs cadres. Des pierres dures illuminent les salles de bains. Les couverts sont en vermeil et la vaisselle en porcelaine de Saxe. À la proue, le salon principal est orné d'une mosaïque crétoise. Ses murs sont lambrissés de chêne, un Steinway trône, solennel, mais personne ne sait en jouer, le plafond est soutenu par des poutres apparentes. Les meubles, Louis XIV et vénitiens, ne vont pas ensemble. Mais qui s'en soucie ? Quant aux saintes icônes byzantines dans leurs ornements baroques, elles ne protégeront pas l'armateur de la malédiction annoncée. Dans son bureau tendu d'étoffe de soie vert d'eau, *Le Martyre de Saint Sébastien* du Greco offre son corps musclé aux flèches acérées de ses propres archers. La bibliothèque regorge des œuvres complètes de Churchill dédicacées « À mon cher ami Aristo ». Et puis des sabres et des pistolets, de quoi tenir un siège. Et des jades exquis, des statuettes de

Bouddha incrustées de rubis birmans, une collection de bateaux miniatures. Partout des toiles de maîtres, le Greco toujours avec une *Ascension de Jésus* flamboyante, nombre de Pissarro, Vermeer, Cézanne, Matisse… Dans la salle à manger, une série frappe par sa délicatesse, *Les Quatre Saisons* de Marcel Vertès. Des scènes familiales racontent les sœurs Livanos. Autour d'elles, des enfants jouent, pique-niquent, se baignent ou patinent. Les enfants d'Eugénie certainement, car ils sont beaux. Parfois, la petite Christina, adipeuse et olivâtre, s'arrête devant les tableaux, l'air triste. Elle traîne à sa suite une ravissante poupée blonde à la garde-robe Dior. Oserait-on changer le cours du destin ? Voir sourire, quelques minutes seulement, cette enfant disgracieuse ? Oh non, transgresser la mesure, c'est commettre l'hybris.

Neuf suites portent toutes le nom d'îles grecques. Ithaque, Mykonos, Lesbos, Andros, Chios, Santorin, Crète, Rhodes, Corfou. Indiquées sur la porte par des plaques ovales en lapis-lazuli. Chacune est décorée du bois et de la pierre de son île et d'une débauche de damas. Les scènes de l'*Odyssée* couvrent les murs.

Un escalier en marbre mène au pont supérieur. Il y a un ascenseur pour les plus paresseux. Les mosaïques de la piscine reproduisent les fresques du palais perdu du roi Minos à Cnossos. La couleur de l'eau change la nuit au rythme de la musique. Le pont est en teck, les poignées en cuivre. Au crépuscule, la piscine se ferme pour devenir une piste de danse. On se réunit autour du bar circulaire. Les tabourets sont tendus de prépuces de baleines, les repose-pieds sculptés dans les dents des cétacés. Les lumières sont multicolores, le champagne millésimé.

81

À disposition, trois coiffeurs, trois chefs, une masseuse suédoise et un orchestre de jazz, un cabinet médical, une salle d'opération et de cinéma. Huit embarcations, dont un canot à fond de verre, une automobile Fiat et un hydravion Piaggio.

Le *Christina O.* devient la passion d'Onassis. Rien ne l'a autant fait vibrer depuis longtemps. Il inspecte tout. Passe même son mouchoir pour vérifier la poussière. Il en fait sa résidence principale. Sa famille n'est-elle pas sans domicile fixe depuis que cette enflure de Niárchos leur a fauché La Croë ?

Seul sur le pont avant, vêtu d'une chemisette et d'un pantalon ample, Aristote tire sur son havane en sirotant un verre d'ouzo. Comme Ulysse, il est incompris, entraîné dans un exil perpétuel. Des téléphones sonnent partout, tout le temps. Le monde est au bout du fil. L'Italie et le Moyen-Orient, la France et les Caraïbes... Le navire avance doucement, il est très lourd et ne dépasse pas les quatorze nœuds. Il attire la haute société comme une ampoule les insectes. Il est incandescent.

– Il n'existe pas un homme sur terre qui ne soit pas séduit par le narcissisme éhonté de ce bateau ! assure Richard Burton.

– C'est le summum de l'opulence, rétorque le roi Farouk qui s'y connaît un peu.

On croise Greta Garbo, lesbienne hiératique, escortée de George Schlee, riche financier devenu son amant ou son ami. Sa femme Valentina donne son absolution. Qui couche avec qui ? Tout le monde s'en fiche, on ne chantera jamais assez les louanges du triolisme ! Et voici Agnelli et l'Aga Khan, Darryl Zanuck, Gayelord Hauser et David Niven, Frank Sinatra et Anita Ekberg, ou encore Bette Davis. Ils portent lunettes de soleil et chapeaux à large bord. Ils aiment les brefs orgasmes avec des inconnus, les médisances, les mauvais coups et l'argent des autres. Le problème du bateau le plus luxueux du monde, c'est qu'il n'existe pas de port assez grand pour l'accueillir. À moins que...

Sur le rocher dépouillé et moribond de Monaco, il y a bien un port. Déserté. Et l'ancien Sporting, quasi abandonné juste derrière l'Hôtel de Paris. Tout est à deux doigts de s'effondrer. Le casino est vide, les joueurs se sont suicidés. La SBM, propriétaire du parc immobilier et des opérations inhérentes, est en faillite. Un banquier français au pedigree remarquable, Charles Audibert, conseille Onassis.

– L'endroit est merveilleusement placé entre les grands ports de Gênes et de Marseille. Il y a d'énormes avantages fiscaux. La principauté est au bord du gouffre. Tout a fondu.

– Quel était l'imbécile chargé des cordons de la bourse ?

– Le ministre des Finances, sourit le banquier.

– Il n'a plus qu'à démissionner.

– On va s'en occuper.

– Il y a quoi derrière la SBM, Charles ?

– La Société des Bains de Mers.

– C'est-à-dire ?

– Le casino, l'Hôtel de Paris, le Sporting, l'Hermitage, le Monte-Carlo Beach Hotel, le Café de Paris, le Country Club, le golf, la villa de Mount-Angel, un bon tiers de la principauté...

– À qui appartient le reste ?

– À un prince falot qui manque d'étincelles, quelques vieilles gloires…

– Qu'à cela ne tienne ! s'exclame Onassis. Nous allons attraper une étoile et l'offrir au prince. De cet endroit sordide, nous ferons Las Vegas !

Il achète Monaco une bouchée de pain. L'affaire se fait en une heure. Il renfloue aussitôt les caisses, détruit des immeubles, en érige d'autres, agrandit le port et le *Christina O.* peut mouiller. Onassis a promis de restaurer la gloire de Monaco, il le fera en un an à peine. L'argent s'engouffre dans les caisses de la SBM. Les immeubles montent toujours plus haut. Les appartements se vendent des fortunes, la fiscalité est nulle, il n'y a bientôt plus que ce pauvre Rainier à ranimer. Rien de plus simple, songe Onassis, il suffit de lui trouver une femme. La femme. La plus belle, la plus lumineuse, la plus sexy. Onassis appelle son vieux copain Spyros Skouras, qui couche, comme tout le monde, avec Marilyn Monroe.

– Je la veux pour Rainier de Monaco.

– Tu es dingue, elle mérite mieux.

– Demande-lui, on ne sait jamais.

– Ne compte pas sur moi, répond Skouras, furieux, et il lui raccroche au nez.

Aristote offre alors une belle commission à George Schlee s'il accepte de servir d'intermédiaire. Marilyn se repose à Weston, dans le Connecticut, chez le photographe Milton Greene et son épouse Amy. En réalité, elle se cache. Elle s'est querellée avec le sinistre Arthur Miller et n'aime rien tant que s'occuper de Joshua, le fils du photographe, un bambin de deux ans. Schlee débarque sous un prétexte fallacieux. Marilyn n'a jamais été aussi belle. Elle ne porte aucune trace de maquillage, ses lèvres sont d'un rose pâle irisé, elle est loin du personnage créé par le *star system*. Les pieds dans l'eau, le pantalon relevé sur les chevilles, un foulard autour de ses cheveux platine, elle pourrait ressembler à n'importe quelle jeune fille WASP. Sauf qu'elle rayonne. Elle est phosphorescente. Joshua batifole avec ses bouées dans la piscine, et Marilyn lui envoie une balle qu'il a un mal fou à rattraper. Elle est loin d'être idiote, pas aussi naïve qu'il n'y paraît, et surtout elle ne déraille pas encore.

– Je t'enlève ta baby-sitter quelques secondes, Josh, tu veux bien ?

Le garçon se met à pleurer, mais sa maman se précipite. George tend la main à Marilyn qui se lève en s'appuyant avec grâce sur lui. Elle enfile des chaussures de tennis qu'elle oublie de lacer, et ensemble ils déambulent dans les allées du jardin comme de vieux amis.

– Je suis tellement bien, loin de Los Angeles, George !

– J'ai peut-être quelque chose à te proposer qui te tiendra à l'écart de la Californie pendant très longtemps.

– Quoi ?

– Tu te souviens de ce film que tu as tourné avec Laurence Olivier ?

– *Le Prince et la Danseuse* ?

– Oui. Cela peut t'arriver.

– Pardon ?

– Veux-tu être une princesse ?

– On fait comment ?

85

– On épouse un prince.

– Quoi ?

– Le prince Rainier.

– Reineer ?

– Rainier.

– Est-il riche ?

– Bien sûr, il appartient à l'une des plus vieilles monarchies d'Europe.

– Est-il beau ?

– Royal.

– Où est-il ?

– À Monaco.

– C'est en Afrique ?

– Non, tu confonds avec le Maroc, c'est sur la Riviera.

– Oh, avec joie.

– Penses-tu qu'il va t'épouser ?

– Donne-moi deux jours, George, bien sûr qu'il va m'épouser.

Rainier est partant, Marilyn conquise, mais l'archevêque de Monaco met son veto. La star est divorcée. Et renvoyée *manu militari* à Hollywood, où elle va provoquer l'ire des dieux du cinéma. Ils anéantissent la légende à coups de dollars, et l'éternité s'en trouve rognée.

Nous sommes en mai 1955. C'est le festival de Cannes. Une manifestation sans intérêt pour manipulateurs à court d'idées. Grace Kelly est l'actrice dont on parle, celle qui rend fou Alfred Hitchcock, William Holden et Bing Crosby. Hitchcock est un psychopathe, Holden force sur le scotch et Crosby chantonne *White Christmas* à longueur de temps. C'est d'un barbant ! La starlette blonde vient présenter son dernier film, *Le Crime était presque parfait.*

Invitée à Monaco, elle se demande si cela en vaut la peine, elle n'a pas trop de temps à perdre.

– Si, si, vas-y, assure Jean-Pierre Aumont. C'est amusant. Un petit royaume, un petit prince, un petit palais, c'est charmant et tellement français, tu vas adorer.

L'histoire d'amour entre Monaco et les grandes fortunes internationales est à même de commencer.

Grace Kelly est catholique, sa carrière bat de l'aile. Le fiancé a trente-trois ans tout de même, c'est un garçon gentil, mais taciturne. Il est monté sur le trône à vingt-sept ans et fricote avec une petite actrice de rien du tout. *Exit* Gisèle Pascal. Le mariage se décide en trois jours. Le 19 avril 1956, les caméras de la MGM filment les noces du siècle ! Rainier III de Monaco épouse Grace Patricia Kelly, jeune fille d'origine irlandaise bien sous tous rapports. Personne n'a été vérifier sa moralité, cela tombe bien, elle n'en a pas. La jeune femme porte une jupe de faille de soie ivoire, soutenue par trois jupons, un corsage au col rond ras de cou en dentelle de Bruxelles entièrement rebrodé et agrémenté de perles de culture. Elle est sublime, le prince est heureux de son choix. Seul le père de la mariée est horrifié. On est au bout du monde, personne ne parle anglais, Jack Kelly ne trouve pas les toilettes à l'Hôtel de Paris. Pour couronner le tout, il est persuadé que Rainier n'en veut qu'à l'argent de Grace. Deux millions de dollars de dot, ce n'est pas du cinéma !

Grace Kelly devient une princesse. Elle reçoit quatre fois le titre de duchesse, quatre fois celui de marquise, sept fois celui de comtesse et neuf fois celui de baronne. Le canon tire une salve d'honneur. Un avion Piaggio décolle du

Christina O. avec le drapeau de la Principauté. Un projecteur géant, installé aussi sur le navire, projette les armes du prince sur le palais et le tout nouveau casino. Un orchestre entonne *Love and Marriage*, Aristote Onassis fait pleuvoir des œillets rouges et blancs sur les invités, Tina verse une larme d'émotion, pourtant elle ne croit plus aux contes de fées depuis longtemps. Les paparazzis suffoquent de plaisir, le mariage est retransmis en direct à la télévision dans le monde entier, il est suivi par trente millions de téléspectateurs !

Onassis est fier, il a réussi son coup ! Monaco scintille à nouveau. On croise sur le rocher mondains et voleurs de bijoux, starlettes et producteurs, princes et escrocs. Agnelli, les Windsor, le roi Farouk, ils débarquent tous ! Ali Khan, la duchesse de Westminster, David Niven, Cary Grant, Ava Gardner. Le Tout-Hollywood. Gregory Peck, Greta Garbo... Fiona Campbell, le plus beau mannequin de *Vogue*, épouse en grande pompe le comte Hans Heinrich von Thyssen-Bornemisza et passe sa lune de miel à Monaco. C'est le dernier endroit dont on parle. Pour couronner le tout, Niárchos n'y est pas ! On surnomme Onassis « l'homme qui a raflé la banque de Monte-Carlo ». Lunettes épaisses, cheveux blanchis, énorme cigare, sourire remis au goût du jour par son dentiste, Onassis est le nabab levantin dans toute sa splendeur. L'incontournable. Il pue le fric, rien ne lui résiste.

– Trouvez-moi Elsa Maxwell. S'il y a bien quelqu'un capable de lancer une rumeur, c'est elle. Qu'elle crie partout que Monaco est l'endroit le plus amusant du monde et tout le monde s'y précipitera !

Monte-Carlo n'existe plus, c'est dorénavant Monte-Greco ! Au palais, Rainier commence à en avoir sa claque du Grec. Il est jaloux de son pouvoir et de son yacht. Devant le *Christina O.*, illuminé comme un sapin de Noël, le *Deo Juvante* a l'air d'une barcasse. Onassis se sacre roi de ce décor d'opérette. Rainier en est la marionnette. C'est agaçant tout de même pour quelqu'un à la généalogie ancestrale. Grace Kelly fait la gueule. On lui avait promis un royaume, elle règne sur un gravillon et passe son temps à inaugurer des mimosas. Elle qui pensait jouer le rôle de sa vie, elle découvre que le film est un navet. La représentation a tourné court.

Ce soir sur le *Christina O.,* Aristote Onassis en smoking immaculé, mocassins en croco blanc, se précipite pour accueillir Garbo. Il arrive aux épaules de la Divine, son verre de Jack Daniels tangue dangereusement.

— C'est à cause de vous que mon bateau se nomme ainsi. *La Reine Christine* et sa liberté de mœurs l'ont emporté.

Garbo secoue la tête.

— « Toute ma vie, j'ai été un symbole. J'en ai assez d'être un symbole. Je veux devenir un être humain », cite la Suédoise, en laissant glisser sur ses épaules sa petite veste de chinchilla.

Onassis ne saisit pas le trait d'esprit. Et la petite Christina qui passait par là tire sur la veste de son père.

— Mais Papa, tu m'avais dit que le *Christina O.* c'était pour moi.

— Va te coucher. Ne traîne pas dans les pattes des grandes personnes.

Tiens, voilà le maharaja de Baroda couvert de fond de teint. Il succombe à la beauté altière de Tina.

– Je vous ai connue, vous dansiez chez Castel, et vous voici reine de Monaco !

– Je danse toujours, Altesse, disons que je m'étourdis...

– Appelez-moi Princie. Dans mes bras Tina, je vais vous couvrir de joyaux.

– Oh Princie chéri, vous êtes mignon, mais j'en ai tellement que je ne sais qu'en faire...

Oui, sur le *Christina O.* les femmes ploient sous les émeraudes, les hommes font preuve d'esprit critique, la piscine se transforme en fontaine romaine, le roi Farouk perd ses revolvers en dansant un rock endiablé, on tire des feux d'artifice à gogo, mais qui ose faire du ski acrobatique à minuit ? Ah, ce rire guttural, ce smoking blanc, ce cigare, pieds nus dans ses chaussures, Onassis soigne son personnage, il a décidé d'entrer dans la légende.

Et c'est alors que l'Occident connaît une crise terrible. Le canal de Suez ! Cet isthme qui fit rêver Darius et Ptolémée II, Trajan et Bonaparte, et puis Ferdinand de Lesseps. Le canal, raccourci entre la mer Rouge et la mer Méditerranée, est enfin terminé en 1869. Il est financé par la France et le gouvernement égyptien. Le Royaume-Uni rachète ensuite la part de l'Égypte. Et le canal devient un point de passage stratégique pour le pétrole.

Or ce 26 juillet 1956, l'Égypte nationalise le canal de Suez en représailles aux tensions avec Israël et au retrait des États-Unis du financement du haut barrage d'Assouan. Mais le canal, c'est la voie commerciale vitale détenue à 44 % par l'économie franco-britannique. Ses approvisionnements en pétrole sont soudain coupés. Les compagnies pétrolières sont prises de court. Elles subissent de plein fouet la crise. Elles doivent augmenter leur nombre de pétroliers. Or l'essentiel est mobilisé. La crise de Suez accroît la demande internationale en bateaux de fort tonnage. Qui en possède ? Onassis. Il investit dans les *tankers* depuis longtemps, il en achète toujours plus. Il s'amuse comme un fou, il est à la tête d'une flotte immense. La mer lui appartient. Mais il n'est pas seul.

Au fumoir du White's, le club le plus élitiste de la capitale britannique, Randolph Churchill, l'alcoolique le mieux informé de Londres, refait le monde avec Niárchos. À coups de scotch. Ils évoquent Pamela, cette fille impayable qui a toujours un coup d'avance.

— Non trois ! assure Niárchos.

— Cette putain rousse m'a trompé, bafouille Randolph, déjà ivre.

Il est gonflé de colère et de suffisance. Ses cheveux blonds sont clairsemés et son teint vire au cramoisi. Dans ses jeunes années, on l'appelait le *golden boy,* son père l'adorait, sa mère le détestait, cela forge le caractère. Il fait signe au barman.

— Je suis capable de boire un verre cul sec, et puis de recommencer, et encore un autre, et puis… cette salope de Pamela… tous ces secrets…

— Oubliez-la, parlez-moi des secrets.

— Oui… Justement, Suez… Le canal ferme, personne n'est au courant, surtout… chut, pas un mot.

Niárchos investit aussi dans les *tankers.* Les deux armateurs louent leurs bateaux aux compagnies pétrolières qui peuvent enfin transporter leur pétrole. Du jour au lendemain, le prix du fret passe de quatre dollars la tonne à plus de seize dollars. Les fortunes de Niárchos et d'Onassis se multiplient à l'infini. Mais c'est la flotte de Niárchos qui est considérée comme la plus importante du monde, avec soixante navires totalisant deux millions de tonnes. Le 6 août 1956, *Time Magazine* titre : «*Shipping Tycoon*

Stávros Niárchos ». Son visage occupe toute la couverture, Onassis en fait une syncope !

Eugénie découvre le magazine sur la table basse du salon. Elle est fière de son époux. Mais où est-il ? Elle appelle son bureau des Champs-Élysées. Dans quel pays pourra-t-elle le joindre vers cinq heures ? Aucune idée, répond la secrétaire qui raccroche précipitamment. Niárchos travaille jour et nuit. Un fossé se creuse. Y a-t-il d'autres femmes ? C'est quoi cette histoire de Pamela Churchill ? Que fait-il à Londres alors qu'Eugénie l'attend à New York ? Les gens parlent à tort et à travers, Eugénie a des bourdonnements d'oreilles. À trente ans, déjà ? Elle voudrait une part dans sa vie. Que son mari apprécie la manière dont elle élève leurs quatre enfants, ses qualités d'hôtesse, son allure, sa fidélité. Le voici. Stáv, enfin ! Elle n'existe pas. L'esprit de Niárchos vadrouille par-delà les océans, accompagnant en pensée tel ou tel *tanker*. Eugénie aime son mari du plus pur amour. Profondément, follement, passionnément. Aux cadeaux somptueux, elle préfère une soirée à deux. À toutes les richesses du monde, un baiser et des bras serrés autour de sa taille. Eugénie est en manque, Niárchos n'a pas de temps pour elle. Elle laisse tomber *Time Magazine* et avale une pilule bleue, puis une rose, celles qui permettent de sombrer dans les bras de Morphée.

Pendant ce temps, Tina s'ennuie à Monaco. Alors, elle convie toutes sortes d'amies sur le *Christina O*. Jolies, intelligentes, minces, pétries d'esprit et d'élégance. Jeanne-Marie Rhinelander débarque avec lady Carolyn

Townshend et Fiona von Thyssen-Bornemisza. Toute femme devrait se méfier de ses meilleures amies. Surtout celles avec qui l'on a joué à la poupée. Car c'était une poupée ancienne, Jeanne-Marie s'en souvient parfaitement. La poupée Raynal. Son père la lui avait rapportée de Paris. Jeanne-Marie était si fière. La poupée était en étoffe, fabriquée à partir de toile et de feutrine. Elle avait de petites mains moufles avec des doigts surpiqués. Et puis une robe en soie jaune pâle, garnie de volants. Elle possédait un trousseau, une malle avec un compartiment pour les tenues et un tiroir pour les accessoires. Tina voulait aussi une poupée Raynal. Mais le vieux Livanos n'a jamais rien rapporté de Paris à ses filles. Tina a tellement tiré sur la poupée de Jeanne-Marie que la tête s'est arrachée. Et c'est là que Jeanne-Marie a découvert que l'intérieur du corps était fait de sciure de bois...

Ce soir, Jeanne-Marie Rhinelander porte une robe rose shocking qui laisse entrevoir ses jambes longues et dorées, ses cheveux auburn sont rassemblés en un amour de chignon, elle est d'une élégance absolue. Depuis son adolescence, elle passe pour une beauté. Elle est mondaine, mariée, fantasque et très libre. Il est déjà tard, elle laisse Tina, Carolyn et Fiona se rendre au casino sans elle. Elle veut s'isoler, profiter du soleil le lendemain, oublier ses maux de tête. Dans le noir le plus total.

Que Tina la trouve à cheval sur les genoux de son mari à deux heures du matin n'est pas exceptionnel en soi. Que la sublime Jeanne-Marie soit nue, crie à tout-va « baise-moi, je suis ta petite putain » et lacère le dos d'Aristote ne laisse aucun doute sur le degré de leur intimité. Qu'elle éclate de rire devant l'air ahuri de Tina est assez scandaleux. Mais qu'Ari ose tendre la main vers sa femme et murmure : «Rejoins-nous chérie», c'est plus que Tina n'en peut supporter.

Elle a vingt-sept ans et ne peut jouer les idiotes toute sa vie ! Elle en a plus qu'assez de Monaco, ce rocher en toc, et du cirque flottant de son mari. Elle se console avec Reinaldo Herrera, son Vénézuélien préféré. Certes, il a dix-huit ans, mais ce n'est plus un enfant. Et Onassis connaît très bien ses parents. Il fait partie de ces gens que l'on rencontre toujours chez les autres. Herrera la demande en mariage, elle accepte, c'est si simple. Elle le balance à la tête d'Onassis qui se met à hurler. Il est d'une violence extrême, le sadisme est la base de sa personnalité. Il possède une réserve inépuisable de jurons orduriers, il a toujours raison, il la fera plier.
– Je t'ai fait suivre. Quatre détectives. Mille preuves. Petite salope, tu vas me le payer !
– Je te quitte.
– Répète !
– On va se marier, Reinaldo et moi !
Aristote Onassis éclate de rire. Il la frappe, elle roule par terre, il lui donne des coups de pied dans le ventre, elle sanglote. Il la tabasse à coups redoublés, elle tente de se protéger. Sa robe est déchirée. Elle le gifle avec fureur. Il la serre contre lui, l'embrasse, la mord en même temps. Elle en redemande, gémit de plaisir. Les ombres menacent le couple Onassis, comme ils aiment valser avec elles ! Tina rugit, Aristote est un amant insatiable. Elle diaphane, lui charnel, quel couple épatant ! Mais cela ne change rien

au problème. Les événements s'enchaînent inexorables, la rupture est programmée.

– Je veux divorcer, Ari !

– Non, les liens du mariage sont sacrés !

– Tu baises tout ce qui bouge !

– Et toi, tu es une mauvaise mère !

– Je n'y peux rien, Christina est trop vilaine. Je ne peux pas la supporter. Elle heurte profondément mon sens de l'esthétisme.

C'est quoi les pilules d'Eugénie déjà ? Tina oscille sur la corde raide, elle laisse courir son regard au loin, sans rien fixer en particulier. Le jeune Alexandre, dont les états d'âme n'intéressent personne, casse chaque hublot du *Christina O.* avec une batte de baseball. Onassis va calmer ses nerfs dans une rade de Roquebrune. Il adore la faune interlope. Il se trémousse sur le zinc en cuivre avec les putains du coin, sort un pistolet à plomb et vise les verres au-dessus du bar, puis les assiettes accrochées au mur. C'est un véritable désastre. Il parle fort, chante, danse le sirtaki et rentre au petit matin. Au loin, dans le port de Monaco, le *Christina O.* scintille dans l'aurore. Et l'aurore argentée se reflète dans le Styx. Quel cauchemar pour Aristote Onassis, il ne sait jamais ce qui l'attend le jour suivant !

À l'été 1959, tout va basculer. La faute à un canari trop fardé à la voix étrange. Mais la chose est programmée depuis six mois déjà. Cette sacrée fatalité chez les Grecs, on en revient toujours à ça !

À Paris, le 19 décembre 1958, chignon tiré, fourreau de satin écarlate, diamants étincelants, elle est Tosca, Norma, Lucia, Rosine... Son talent explose, embrase le Palais-Garnier. Dans le public exalté, on croise le président René Coty, le duc et la duchesse de Windsor, Ali Khan, Cocteau, Charlie Chaplin, Juliette Gréco, Sagan, Brigitte Bardot, Sacha Distel et Aristote Onassis. Il est transporté. Par la femme et sa célébrité. Par cet auditoire qui regorge de personnalités. Elle a le monde à ses pieds, il la veut. Ce soir-là, Tina rayonne dans une robe rose pâle Jean Dessès. Elle porte une traîne en zibeline, ses longs cheveux sont tressés. Elle essaie de capter l'attention de son mari, trop tard, Onassis est amoureux d'une étoile. Il se précipite dans sa loge, sûr de lui. Pourtant, même en smoking, il a l'air d'un chiffonnier. Bronzé, le sourire carnassier, les dents trop blanches et ces éternelles lunettes noires vissées sur le nez alors qu'il est plus de minuit. À ce moment-là, il sait qu'il va l'aimer. La détruire aussi, certainement. Mais ça, il s'en moque. Dans l'encoignure, un drôle de personnage. Petit, chauve et rondouillard. Un certain Giovanni Battista Meneghini. Un mari ?

— Je suis la voix, il est l'âme, affirme-t-elle à Onassis qui éclate de rire.

Elle se nomme Maria Sofia Cecilia Kalogeropoulos, Maria Callas. Visconti la révèle. Meneghini la fabrique. C'est une cantatrice exceptionnelle, à la voix dévastatrice, au timbre inquiétant, capable d'aller d'un extrême à un autre. Elle bouleverse l'art lyrique en valorisant le jeu dramatique. C'est une tragédienne, elle est Rosine, Carmen, Violetta... Les journalistes frétillent autour d'elle comme les mouches un soir d'orage. Tout ce qu'elle dit, tout ce qu'elle fait est sujet à controverse. Exagéré, déformé, grossi à la loupe. Le marché noir fait flamber le prix des billets de ses récitals.

Ce soir, au Royal Opera House de Covent Garden à Londres, elle a été une Médée captivante, intense, terrifiante. Ses grands yeux écarquillés, pleins de larmes, frémissent de vérité. Elle a transcendé le livret de Cherubini. « Callas ! Callas ! » a hurlé le public, debout et trépignant. Dans la loge, Onassis la couvre de mille roses écarlates, elle se drape dans sa pudeur, abaisse ses paupières ourlées d'eye-liner. Il ose demander :

— Ne vibrez-vous que sur scène, Maria ?

— Oui, répond Meneghini.

Faux.

Quelques mois plus tard, à Venise, Elsa Maxwell, qui a tout du crapaud sauteur, organise un bal au Danieli en l'honneur de Maria. Elle en est folle, pour un peu elle lui offrirait sa virginité. Mais la Callas estime que l'homosexualité est une bête féroce. Ce soir, la diva porte une robe en taffetas Saint Laurent, ses bras sont gantés de noir, et une aigrette géante est piquée dans ses cheveux de jais. Onassis est happé comme un insecte sur un néon, il n'est pas le seul.

– Miss Callas s'est emparée de la main que je lui tendais, raconte Elsa Maxwell. J'ai plongé mon regard dans ses yeux au pouvoir hypnotique et j'ai compris que j'avais affaire à une personne extraordinaire.

– *Ciao, la prima donna !* s'écrie le gondolier.

– Pour entendre ma femme, il faut payer, assure Meneghini.

– Je suis la victime innocente du plus grand amour jamais éprouvé par un être humain pour un autre, poursuit Elsa Maxwell, éplorée.

– J'étais grosse, maladroite et mal-aimée, un vilain petit canard, chuchote Maria à l'oreille d'Onassis.

– Venez passer l'été sur mon bateau. Une croisière, un mois durant, des invités exceptionnels. Et puis vous et moi, nous nous cacherons parmi eux, nous serons heureux, je suis fou de vous Maria.

– Pense à ta gorge si fragile, l'air du large, la chaleur, l'air conditionné, tu vas abîmer ta voix, c'est hors de question, martèle Meneghini.

– Bien sûr que nous irons, Battista, ne sois pas ridicule !

Sur le clinquant *Christina O.*, ancré dans le port de Monte-Carlo, Onassis invite, quelques jours avant le départ, de bons amis. Il n'en peut plus des tableaux et se met dorénavant à collectionner les gens. La plus grande star, Greta Garbo, l'homme politique le plus respecté, Churchill, la commère la plus bavarde, Elsa Maxwell, la plus grande cantatrice, Callas, le jeune sénateur américain le plus en vue, John Kennedy et sa ravissante épouse, Jackie. Qui pourrait se douter qu'au milieu de cette débauche de champagne, de lumière et de caviar, il y a l'épouse actuelle, la future maîtresse et la future femme de Poséidon ?

— Il a du charme à revendre, chuchote Tina à Maria Callas, en plongeant dans le sourire ravageur de John Kennedy.

— Sa femme a les yeux trop écartés, on dirait une vache, rétorque la diva.

Onassis n'est pas d'accord. L'épouse du sénateur, il la trouve sublime. Rien ne lui échappe, ni sa robe trapèze Saint Laurent blanche, ni sa manière de s'effacer devant son mari. Rien n'est naturel, il l'a compris. Elle l'impressionne. Elle a quelque chose de prémédité, de provoquant, elle a l'âme charnelle, songe Onassis. Puis il croise le regard de Maria, et ne garde pas les Kennedy à dîner. Furieux, le sénateur a l'impression d'être mis à la porte. Onassis s'en moque, ce freluquet n'est pas de la graine de président. Greta Garbo prend la pose au bar, une vodka dans une main, une cigarette dans l'autre. Elle est d'une absolue simplicité. Elle ne cherche à séduire personne, elle draine derrière elle une sérénité dont on a grand besoin sur le navire. Elle ne parle jamais d'elle ou de ses films. Elle a besoin d'alcool pour se mettre en train, puis elle se déchaîne.

– Madame, vous êtes assise sur la plus grande bite du monde, lui explique Onassis, faisant référence au tabouret en prépuces de baleines.

Elle éclate de rire. « La Divine » si mystérieuse est tellement accessible. Meneghini est choqué, il estime qu'une star touche à l'icône, et que son statut quasi religieux lui impose une distance. Surtout avec la plèbe. Il est terrifié par Onassis. Il déteste les bateaux et a le mal de mer. Il n'en veut pas de cette croisière. Mais Maria est décidée. Elle s'est ruinée en toilettes coûteuses, a dépensé des millions de lires pour des costumes de bain et des déshabillés en soie. Évidemment qu'elle n'avait rien à se mettre, avant elle était moche. Elle pesait vingt-cinq kilos de plus. Meneghini explique partout que c'est grâce à lui. Les mauvaises langues assurent qu'elle a avalé un ver solitaire…

Il est midi ce 22 juillet 1959, la croisière va durer un mois, les taxis stationnent sur le port. On klaxonne pour se frayer un passage, la foule se presse devant le navire, l'appareillage est fascinant, les invités plus encore. Winston Churchill émerge d'une berline sombre et marche doucement. Il a quatre-vingt-cinq ans. Il porte son panama vissé sur la tête, un costume trois-pièces gris et sa canne noire à pommeau d'argent. Lady Churchill le suit de près. Une adorable grand-mère. Vêtue d'une robe longue toute simple en coton. Elle est plutôt réticente à l'escapade. Elle compte Onassis parmi les « mauvaises fréquentations de Winston », mais ne peut rien dire. En février, Aristote a mis un de ses avions à disposition pour que Churchill puisse passer quelque temps à la Mamounia et peindre le mont Atlas enneigé. Pour Clementine, la peinture de Winston, c'est sacré ! Pas pour Sotheby's, dommage. Il y a aussi leur fille Diana et la perruche Toby qui connaît par cœur le moindre juron shakespearien. Voici le médecin de Churchill, lord Moran, encore plus vieux que son patient, et le secrétaire particulier de l'ancien ministre, sir Anthony Montague Browne. Les badauds sur le quai applaudissent à tout-va. Pour une fois, Onassis leur sourit. Habituellement, il les ignore. Churchill fait un signe de tête à la foule et salue l'équipage. Il a les traits marqués, ses yeux minuscules expriment force et gentillesse, ironie et doute. Impossible de savoir ce qu'il pense vraiment. Ses mains sont toutes petites par rapport à son corps. Il tient son cigare avec élégance, entre le pouce et l'index.

Maria Callas embarque à son tour, sanglée dans un corsage beige, chaussée de sandales plates. Elle tire derrière elle son caniche nain Toy, et Meneghini, très essoufflé. La croisière est censée l'apaiser. L'an passé, elle a chanté dans six villes, donné vingt-huit représentations de sept opéras, elle est épuisée. Elle n'a pas un regard pour le public amassé sur l'embarcadère, s'imagine cernée de paparazzi, c'est effrayant. Le navire compte trois chefs, un bataillon de couturières, repasseuses, mécanos, barbiers, barmen, radios, matelots, plus de quarante personnes pour le personnel.

En entrant dans la suite Ithaque, Meneghini fait une moue dégoûtée. Ce radin de première a le mépris facile pour le luxe et l'ostentation. Onassis laisse sa suite à Churchill, fier à l'idée que le grand homme dorme dans son lit.

La nuit est calme sous vent du Sud. La foule, agglutinée dans la rade de Monte-Carlo, agite les mains, ce ne sont que vivats, hourras et cris de joie. Le navire s'ébranle, lourd et solennel, il glisse doucement vers l'avant-port. Il ne manque plus que le prince Rainier pour agiter la main, il est certainement très heureux d'être enfin débarrassé du Grec le plus encombrant du monde.

Au petit jour, ils atteignent Portofino. Churchill se lève aux alentours de neuf heures. Il prend du jus d'orange et du café. Puis commande un deuxième plateau avec des céréales. Puis un troisième plateau avec un verre de whisky. Après son petit-déjeuner, il passe la matinée au lit à bouquiner des livres piqués dans la bibliothèque d'Onassis. Il ne s'habille que pour déjeuner. Durant la journée, tout est consacré à son bien-être, il est l'hôte préféré. Sa canne à pommeau d'argent coincée entre les genoux, il joue au gin-rami avec le jeune Alexandre qui ne l'appelle plus que « mon grand-père de la Victoire ». Onassis redevient un petit garçon devant le grand homme vieillissant. Lady Churchill n'est jamais loin, tel un ange gardien perché sur son épaule. À chaque escale, on retrouve des amis. Alphonse XIII et son petit-fils Juan Carlos embarquent en baie de Naples pour le dîner. Puis Gianni Agnelli et Marella Caracciolo. Churchill s'octroie un demi-verre de porto avec le fromage, sinon il s'en tient au Dom Pérignon… depuis le déjeuner.

– Avez-vous des nouvelles de votre belle-fille ? demande Agnelli.

Ses paupières lourdes tombent sur deux yeux ourlés en amande, il fixe le large.

– Toujours amoureux alors ? Cela ne m'étonne pas, répond Churchill le sourire aux lèvres.

– On n'oublie pas une fille comme Pamela.

– Votre liaison me choquait, je vous prenais pour le fils du garagiste !

– Je suis le fils du garagiste, rétorque Gianni Agnelli, amusé.

Il ressemble à un empereur romain au profil façonné sur les lires italiennes. Ses lèvres sont pleines et sensuelles, son nez aquilin et son corps vigoureux. Son épouse, Marella, sait que l'amour est fragile, extravagant et secret, elle reste sur ses gardes. Onassis est sur son trente-et-un. Marella et Tina rivalisent de beauté et d'élégance en Pucci, le « prince des imprimés ». Diana Churchill en prend de la graine.

– Ce cher Emilio Pucci vient d'épouser ma meilleure amie, la baronne Nannini, explique Marella en se penchant pour attraper son briquet Cartier.

– Oui, nous étions invités, mais Eugénie venait d'accoucher.

La Callas est larguée. Snobée aussi, certainement. Agnelli semble loin, le regard noyé dans les profondeurs de la Méditerranée. Churchill fait tomber par mégarde son assiette dans la mer. Des dauphins s'en saisissent et jouent avec. Juan Carlos est ravi, Alphonse XIII abasourdi, et Churchill applaudit à tout rompre. Alors Onassis ordonne au serveur de jeter d'autres assiettes pour les dauphins. Le serveur balance par-dessus bord un service ordinaire. Furieux, Onassis se met à hurler et ordonne que l'on jette le Limoges blanc et bleu. On ne sait qui s'en amuse le plus, Churchill ou les dauphins ? Maria est sous le charme du Grec, tout ce qu'il fait tient de la magie. Tina est outrée, lady Churchill aussi. Elle n'apprécie guère Onassis, mais Churchill le prend pour la personne la plus importante et la plus intelligente de la terre. Il se fiche de tout, il est à la fin de sa vie, heureux de profiter du luxe du bateau. Et ce dingue d'Onassis le change des Anglais coincés, des soirées enquiquinantes de Chartwell House, de la couronne britannique et de sa sacrée symbolique.

Le ciel est bleu cobalt, la mer est d'huile. Le *Christina O.* avance doucement dans les eaux turquoise. Portofino, Capri, Ischia... Tous fredonnent *Volare,* même la Callas. À Capri, «l'île de toutes les extravagances», elle accepte de faire du shopping avec une Tina intriguée qui aimerait mieux la connaître. Dans cette forteresse clandestine et enchanteresse, quoi de mieux pour percer les secrets les mieux gardés ? La chaleur est accablante, la roche trop blanche criblée de fleurs sauvages semble s'en abreuver. Maria voudrait acheter des colliers, des bracelets, des jades et des coraux, elle se perd dans le dédale de petites rues tortueuses. Tina est seule sur la piazzetta rouge et or, l'éclat du soleil l'aveugle, elle met ses lunettes et cherche Maria. Mais c'est Diana Churchill qui la rejoint. Maria émerge d'une échoppe, en grande conversation avec un Meneghini furieux qui s'éponge le front. Ils ont l'air de se disputer. Il s'en va en fulminant vers le funiculaire qui redescend vers le port.

– Tout va bien ? demande Tina à Maria.

– Parfaitement.

– Mais votre mari ? ajoute Diana.

– Il a trop chaud, il nous attend dans une taverne de la Marina Piccola.

Tina comprend qu'elle n'arrivera à aucune intimité avec la diva, il faut donc s'en méfier. C'est déjà trop tard, Tina est blackboulée, Maria obsédée par Onassis. Elle tente de faire bonne figure auprès de l'épouse mais n'est pas douée pour les mondanités. Sale garce, songe Tina, tu ne perds rien pour attendre. Onassis arrive avec un sorbet au citron pour chaque femme.

– Venez, je vous emmène chez Malaparte.

– Sans moi, capitule Tina.

– Ni moi, poursuit Diana qui n'a pas envie de tenir la chandelle.

Sur les falaises de Capo Massullo, à près de trois cents mètres d'altitude, et après une ascension d'une heure au milieu du fouillis de vignes et de figuiers de Barbarie, Onassis et Maria, essoufflés, arrivent en vue du parallélépipède rouge entaillé par un monumental escalier en forme de pyramide inversée. Il lui tient la main, la lumière explose et balaie tout sur son passage, la vue sur les Faraglioni est sublime. Onassis sent la passion déferler avec fureur.

– Chantez pour moi, Maria.

– J'ai besoin d'être accompagnée.

– Mais nous sommes seuls au monde…

– J'ai une idée. Mettez-vous torse nu, Aristo, et allongez-vous sur le ventre, sur l'une de ces marches.

Étonné mais ravi, il obéit à la diva. Elle s'assied sur la marche inférieure et commence à battre le rythme sur le dos tanné du Grec. Les vibrations martèlent le corps tendu comme un arc. Puis la voix d'or de Callas s'élève. L'amour, l'amour, cet enfant de bohème…

Au même moment, sur un chemin de poussière en plein soleil, Tina voit sa vie défiler, elle n'en est pas fière. Elle songe à sa sœur, au jour suivant, elle laisse échapper une larme. Diana Churchill déteste la sensiblerie et chantonne « *que sera sera* » en se dirigeant vers la marina. À l'horizon, la mer d'un bleu profond est lourde de menaces, c'est le tumulte de l'été, la tristesse se veut douce encore. Que dit le livret de Bizet ? « Prends garde à toi ! »

Positano, les Lipari, Malte… Le navire glisse, insouciant, poussé par une faible houle, sous une nuée d'oiseaux. Un étrange flegme s'abat sur la joyeuse compagnie. Pour rire, un jour, Onassis fait vider la piscine. Le fond remonte alors au niveau du pont. Onassis fait installer deux chaises dessus et s'y assied avec Churchill. Ils montent et descendent en riant comme des enfants. Sauf que la machinerie se bloque en bas et qu'Onassis se voit mal hisser le vieil homme depuis le fond de la piscine. On fait venir le technicien, qui n'arrive à rien. Onassis l'insulte en grec, Churchill lui conseille de se servir de son tournevis. Ça marche ! Ils émergent bras dessus, bras dessous. Deux larrons en goguette.

Un soir, Onassis propose du caviar qui arrive d'Iran pour accompagner le whisky de Winston. Le barman porte solennellement le petit récipient de cristal sur son lit de glace dans une soupière en argent. Churchill, fatigué, laisse tomber le toast. Onassis se précipite et sert une cuillère pleine de caviar à son ami, il lui donne la becquée. D'un regard empreint de gratitude, Churchill le remercie. La Callas exaspère Tina qui se demande vraiment ce que son mari lui trouve. Elle en fait trop, débite des lieux communs, parle d'elle à la troisième personne. Une vraie diva. Elle ne sait pas se faire aimer, manque de naturel, tout le monde la déteste. Devant Churchill, elle s'aplatit comme une crêpe.

— Je suis heureuse de voyager avec vous, sir Winston, cela me sauve du fardeau de ma popularité.

— Que faites-vous dans la vie, madame ? demande Churchill qui oublie tout ce qui l'ennuie.

— Mais enfin, monsieur, je suis la plus grande chanteuse lyrique de ce siècle ! rétorque-t-elle, outrée.

— Eh bien chantez alors ! Nous sommes tout ouïe.

Elle se tourne vers Onassis qui comprend immédiatement. Il tape la mesure sur la rambarde. Son désir va *crescendo*. Maria fixe l'immensité des flots, sa voix diabolique transcende la nuit et berce Churchill qui s'endort.

— Mais va-t-elle enfin se taire ? Qu'on lui torde le cou ! chuchote Tina à l'oreille de Diana.

— Où est son mari ? On ne le voit plus depuis quelque temps.

— Il a le mal de mer, Maman. Je l'ai espionné, ça pue le vomi dans sa cabine ! répond Alexandre, enchanté.

— Quel bonheur ! s'exclame Tina qui ne l'appelle plus que Méningite. Il transpire, il pue, je refuse d'être assise à côté de lui !

Le golfe de Corinthe se profile. Au déjeuner, Churchill avoue n'avoir jamais goûté de baklava. Onassis envoie son hydravion en quérir immédiatement à Athènes. Touché par tant de sollicitude, le vieil homme s'enferme deux jours durant et peint un tableau pour son ami. Onassis est bouleversé. Maria s'extasie avec des accents de tragédienne cabotine. Lord Moran est contrarié, il craint que tant de fausseté ne finisse par exaspérer son illustre patient. On a oublié la petite Christina, emprisonnée par son frère dans un placard depuis deux jours. Le bateau est si grand que personne ne l'a entendue pleurer. Elle souhaite se faire pardonner et esquisse, elle aussi, un beau dessin pour son Papa. Elle s'agrippe à sa chemise pour se faire remarquer. Une fois encore, lord Moran doit agir. La laideur de cette enfant, son manque de talent évident risquent de contrarier Churchill et de faire monter sa tension. Il fait signe à la nounou et la gamine disparaît prestement.

Cette croisière est une vraie corvée pour Tina. Chaque jour, elle déteste un peu plus la Callas et la gloire institutionnelle de Churchill l'abrutit. Elle est obligée de l'avoir à sa droite à table et d'endurer sa conversation. Mais la bataille d'Angleterre, elle s'en balance, et le Blitz, ce n'est pas son truc. Anthony Montague Brown l'assomme en rajoutant moult détails historiques que lady Churchill approuve l'œil brillant, tandis que lord Moran avale discrètement une dose de laudanum. Parmi les musiciens de l'orchestre, un jeune percussionniste. C'est le fils d'un ancien cadre de la compagnie de Suez chassé d'Égypte en 1956, il se nomme Claude François. Il fixe la Callas avec des yeux béats d'admiration. Un soir, il ose l'aborder et lui confie qu'il veut être chanteur.

– Chanteur lyrique ?

– Non madame, chanteur populaire, répond le jeune homme, poli.

– Mon pauvre enfant, vous n'arriverez nulle part ! Le peuple, c'est vulgaire, affirme la diva péremptoire avant d'accepter la main que lui tend Onassis.

Excellent cavalier, Onassis serre Maria contre lui. Elle se laisse aller. Il la presse contre son aine et trace des cercles dans son dos nu. Sa main se perd entre les omoplates de la diva. Il aime la texture de sa peau, il voudrait l'effleurer de ses lèvres. Un parfum vénéneux et entêtant flotte dans l'air, des effluves de jasmin et de tubéreuse. Maria ferme les yeux. Elle a la tête qui tourne. Délicieux vertige. Meneghini enrage, Churchill somnole, lord Moran est défoncé. Tina, dans une robe rouge ultramoulante, se penche, aguicheuse, vers Anthony Montague Brown.

– Vous avez du feu ?

– Oui, ma chère Tina.

– Comment me trouvez-vous ?

– Magnifique, désirable, répond Montague Brown dans un souffle.

– On dirait une pute française ! assure Onassis en éclatant de rire.

Mortifiée, Tina jette sa cigarette par-dessus bord et court s'enfermer dans sa cabine. Elle s'effondre sur son lit et appelle sa sœur en vacances à la Croë.

– Je n'en peux plus Eugénie, rejoins-moi.

– Impossible, Stáv ne me le permettra pas. Que se passe-t-il ? Comment va sir Winston ?

– Il est gâteux, personne n'ose en parler. Il vit sur sa réputation.

– Il est l'homme qui a sauvé l'Occident. Chérie, sois patiente.

– Et puis il est sourd comme un pot, il faut hurler pour se faire entendre, je suis épuisée.

– Et la Callas ?

– Cette salope veut me piquer mon mari.

– Le public a besoin d'idoles pour mieux les renverser.
– Oui, cul par-dessus tête sur mon canapé.
– Ne t'inquiète pas, Onassis ne te quittera jamais, tu sais bien que l'on ne divorce pas chez nous.
– Non, on crève.

George Kuris, le pilote de l'hydravion Piaggio, est chargé de déposer les chemises d'Onassis au pressing d'Athènes, de rapporter chaque matin du pain frais d'une boulangerie de l'avenue Victor-Hugo à Paris. Le chauffeur Jacinto Rosa attend à Orly avec la voiture. Quelques caprices d'homme riche, dont le dernier se nomme Maria Callas et va durer un certain temps.

Certes, tous les petits ports se ressemblent. Mais dans la mythologie grecque, celui de Corinthe est l'enjeu d'une terrible dispute entre Hélios et Poséidon qui en sort vainqueur. Onassis est définitivement chez lui ici. Dans sa jeep, il emmène Maria sur les flancs du mont Parnasse pour consulter l'oracle qui leur promet amour, gloire et beauté. Au théâtre d'Épidaure, assis sur les gradins de calcaire gris, il évoque la magie de l'acoustique, le moindre son se propage du bas jusqu'aux rangées supérieures. La diva descend les marches, se place au centre de la scène et entonne *Norma*. Les touristes, ébahis et charmés, applaudissent à tout-va.
– Je reviendrai avec mes musiciens.
– Je remplirai le théâtre pour toi.

Le plus souvent, ils sont seuls. Les autres ont déclaré forfait. Tina prend des airs de vierge blessée, lord Moran raconte la vie et l'œuvre de Thomas de Quincey, opiomane convaincu, lady Churchill tricote, Anthony Montague Brown s'intéresse aux us et coutumes des villageois grecs qu'il trouve épatants. Un malaise plane à bord. Fascinés l'un par l'autre, ni Maria ni Aristote ne semblent le remarquer. Le *Christina O.* mouille sous le vent à Chios, le berceau de la famille Livanos, mais tout le monde s'en moque ! Artémis, la sœur d'Onassis, rejoint la croisière à Rhodes avec le Premier ministre turc. Le 4 août, on visite le vieux port de Smyrne, Onassis fait faire à ses invités le tour de son enfance. Churchill est dans une voiture électrique. Onassis prend Maria par le bras et lui raconte la Grande Catastrophe, les Turcs, l'église en flammes. Maria pleure à chaudes larmes. Ils se perdent dans les bazars. Dans son pull-over marine, son pantalon gris, et pieds nus dans ses espadrilles, elle le trouve d'une folle virilité. Il la frôle, serre son bras, attrape sa main, lui caresse la joue, elle ajuste son chapeau de paille et ses lunettes, Maria Callas en frissonne de désir. En fin de journée, Churchill joue au bésigue et narre des anecdotes que tout le monde connaît.

– Quand je prononce aux Communes mon discours «Du sang, du labeur, des larmes et de la sueur », c'était le 13 mai 1940, vous vous en souvenez ! Je hèle un taxi qui refuse de me prendre… Désolé m'sieur, je file, je veux entendre Churchill à la radio.... Mais mon brave, Churchill, c'est moi ! Tenez-vous bien, il ne m'a pas cru !

– Si vous vous décidez à quitter la politique, vous trouverez facilement un emploi de comique, lance Onassis en applaudissant.

Le yacht rejoint Istanbul en traversant l'Hellespont, Churchill entreprend Tina qui n'en a rien à faire de Mustapha Kemal et de toute sa clique. On sert du champagne, on porte un toast à la paix, à la Toison d'or, aux Argonautes, c'est grandiose ! Une atmosphère étouffante de jalousie et d'intrigue règne à bord, les passions bouillonnent. Tina est épatante dans son rôle d'hôtesse bafouée, elle est toute de tension contrôlée. Le 6 août, la baie du Bosphore se profile. À l'ancre, la coque blanche du navire scintille au soleil, de la fumée sort des cheminées jaunes, les équipements en cuivre miroitent et se reflètent dans l'eau, des milliers d'étincelles semblent valser avec des langues de feu. Onassis et Maria partent en excursion en canot sous un soleil de plomb, il conduit le Chris-Craft d'une main, de l'autre il caresse ses cuisses. Elle a noué ses cheveux sous un foulard à pois, les boutons de sa robe sont ouverts et découvrent ses jambes. Tina les suit du pont avec ses jumelles. Ils ont rendez-vous avec l'archimandrite de Constantinople qui les bénit comme s'ils étaient mari et femme. Le plus grand armateur et la plus grande chanteuse ! Leur couple n'est-il pas un extraordinaire hommage à la Grèce ? Le soir, sous la chaleur écrasante, on tombe de sommeil et de fatigue. Churchill, Meneghini, lord Moran réintègrent leurs cabines. Tina passe des heures au téléphone à se faire consoler par Eugénie. Maria et Onassis se retrouvent en tête à tête au bord de la piscine. Ils se comprennent à demi-mot, tout les rapproche, leurs racines et leur égocentrisme.

Un matin très tôt, Tina, qui dort mal, se lève sans bruit. Elle voudrait un café, une cigarette, changer de vie, mais elle ne sait pas très bien dans quel ordre. Ses cheveux sont emmêlés, sa nuisette quasi transparente, elle porte ses lunettes de soleil, se méfie de l'aurore et de ses maléfices. L'épouse d'Onassis est d'une beauté à damner l'Olympe. Soudain, elle entend un bruit. Pourquoi songe-t-elle à la perruche injurieuse de Churchill ? Mais c'est le canari qui pousse des vocalises. Elle s'approche du salon et découvre, interdite, Aristote penché sur Maria Callas. Tina voudrait se mettre à hurler comme une mégère. Non, elle les observe. Les flèches de la jalousie transpercent son corps. Cette manière qu'il a de l'enrober comme si elle était son trésor le plus précieux. Tina se revoit ainsi dans ses bras. Elle sait le moment où elle ne pourra s'empêcher de crier « je t'aime », quand il s'abat sur elle, quand elle lui appartient sans retour. Elle les hait, elle voudrait les déchiqueter et les jeter au plus profond des Enfers. La Callas a pris sa place. Et cette sensation étrange, cette émulation, cette brûlure qui traverse son bas-ventre, ce frisson. La nudité de Maria est bouleversante. Elle ne porte qu'un simple bracelet, il est gravé TMWL. « *To Maria With Love.* » Mais cela Tina ne le sait pas encore. La virilité de son époux la trouble. Tina en est fière. Il va la faire hurler, il est majestueux, elle est au-delà de leur plaisir à tous les deux, elle s'en repaît. Onassis chuchote, sa voix est chaude, Tina en éprouve la caresse et son ambivalence. Elle n'entend que la réponse de la diva.

– Je t'aime, Aristo.

Tina laisse les mots s'évanouir, ils lui font mal. Toute l'ambiguïté de Tina Onassis s'y donne à lire en cet instant. Elle s'exalte, fixe le corps musculeux de son époux, ses épaules de nageur. Son magnétisme l'affole. Courbé au-dessus de Maria, il la dévore. Les cheveux noirs de la diva flottent sur ses épaules. Les baisers d'Onassis, sa langue, ses dents, Maria est au bord de l'extase, elle se donne. Tina ressent la jouissance de Maria, l'animalité d'Ari. Elle les voudrait avides d'elle, se la partageant dans une folie dionysiaque.

Elle se réfugie dans sa chambre et téléphone à sa sœur.

– D'être comblé ça va cinq minutes, affirme Eugénie au bout du fil, il va revenir.

– Non chérie, je crois qu'il est dépassé, murmure Tina, effondrée.

– La diva n'a pas les codes, elle n'arrivera jamais à se faire épouser.

– Tu crois ?

– Oui, j'en suis certaine. Vends la mèche au petit gros, ordonne Eugénie.

Malheur à celle par qui le scandale arrive ! Le navire s'en retourne vers Monte-Carlo. Une tempête en eaux calmes. Les passions se déchaînent, les ego chavirent. Personne n'est capable de penser avec justesse, cela frise l'hystérie.

– Votre diva couche avec mon mari, sous mon toit, sous mon nez !

– Je suis malade, Tina, répond Meneghini, dégoulinant de sueur.

– J'étais en cage, tu m'as libérée, chantonne la Callas à Onassis.

– Comment ne pas être honoré qu'une femme telle que toi tombe amoureuse de moi ?

– Mais c'est moi qui l'ai créée ! s'écrie Meneghini. Je lui

ai appris à s'habiller, je l'ai fait maigrir, elle n'était rien, j'ai fait d'elle une star !

– Ce n'est pas une passion adolescente, de folie et d'inconscience, assure lord Moran.

– Qui es-tu ma petite ? demande Churchill.

– Christina Onassis, je cherche à me faire oublier.

– Je suis fou amoureux, explique Onassis.

– Tu perds la tête, elle te tient mieux qu'une putain ! hurle Tina.

– Vous l'auriez vue il y a dix ans, une bonbonne, pleurniche Meneghini.

– Tais-toi Battista, tu es un vrai bonnet de nuit, lui balance Maria.

Un serveur apporte un téléphone qui semble tressaillir de rage, tout seul, sur son plateau d'argent.

– Livanos à l'appareil. Nous sommes outrés, vous bafouez Tina pour une saltimbanque, une chanteuse d'opérette !

– J'ai cinquante-trois ans, je suis plus riche que vous, et n'ai jamais été aussi heureux. Ne me dites pas comment je dois conduire mes affaires.

– Je te quitte Battista.

– Je te maudis Maria.

– Je divorce Ari.

– Non Tina, je t'en prie, je t'aime.

Quand le bateau accoste à Monte-Carlo, lord Moran a transformé sa chambre en fumerie d'opium, Meneghini vomit de plus belle, Churchill sucre les fraises, lady Churchill a la migraine, la perruche Toby est morte, Tina quitte son mari et la Callas le sien. Féconde, la croisière !

Un savoureux esclandre mijote. Le *London Evening Standard* stipule : « Mme Tina Onassis souffre d'une indisposition que seuls les gens très riches peuvent se permettre de ressentir. Elle n'est plus jamais présente à Monaco. Elle explique que la vie sur l'immense yacht de M. Onassis a provoqué une sorte de dépression nerveuse. » Oui, une dépression nerveuse. Même chez les milliardaires. Toutes ces infidélités, toutes ces bagarres ont anéanti Tina. Elle se transforme peu à peu en papillon mondain. Elle exècre cette vie, mais est devenue plus nomade que son mari. Fuir, courir vers un autre bonheur, multiplier les liaisons, jouir de rien et oublier le lendemain. Elle dépense des fortunes chez Chanel, chez Emilio Pucci, n'est heureuse qu'à Saint-Moritz, que son mari déteste, skie avec Niárchos, Rubirosa, Reinaldo Herrera... Auprès de chacun, elle essaie de se justifier.

– Je me suis mariée trop jeune. Mais je n'ai jamais eu la moindre ambition. Tout est arrivé tellement vite. Tout ce que je voulais, c'est être aimée. Adulée par mon époux. Mais aujourd'hui, je m'ennuie, je m'ennuie tellement... J'ai l'impression que cela fait dix ans que je voyage.

À l'automne 1959, Maria Callas et Giovanni Battista Meneghini se séparent, Tina Onassis demande le divorce pour adultère devant le tribunal suprême de l'État de New York et réclame la garde des enfants. Elle convoque les journalistes à Sutton Square et, son joli nez pointu dans l'axe du soleil, elle déclare en présence de son avocat Sol Rosenblatt :

– Il y a treize ans, monsieur Onassis et moi-même nous nous sommes mariés à New York. Il est devenu aujourd'hui l'un des hommes les plus riches du monde. Mais sa richesse ne nous a pas apporté le bonheur. Nous nous sommes séparés cet été. J'espère que monsieur Onassis aime et respecte suffisamment ses enfants pour un arrangement entre nos avocats. Je ne suis concernée que par le bien de mes enfants, et pas sa richesse.

En coulisses, elle empoche tout de même vingt millions de dollars, et oublie aussitôt ses enfants chez ses parents. La personne citée par Tina dans le constat d'adultère n'est pas Maria Callas.

– Je n'allais pas donner au canari fardé la satisfaction d'être désignée comme l'autre femme !

– Non mais Tina, tu te fiches de qui, hurle Jeanne-Marie Rhinelander au téléphone. Je te poursuis en diffamation.

– C'est si triste un foyer qui se brise. Il n'y a jamais eu d'idylle entre la Callas et moi, nous sommes amis, c'est tout, répète Onassis d'une voix étranglée à qui veut l'entendre.

Un scandale mondain dans toute sa splendeur. Elsa Maxwell s'en mêle, Onassis pleure comme un bébé en suppliant Tina de revenir, les Livanos tempêtent, les Grimaldi en rajoutent, mais Tina en a sa claque de l'amour ! *Terminado !*

Le divorce est prononcé le 6 juin 1960 en Alabama pour cruauté mentale. Tout va bien dans le meilleur des mondes. Ah oui, la petite Christina du haut de ses dix ans cauchemarde toutes les nuits, mais qui s'en soucie ? Sur le

Christina O., Onassis navigue entre colère et abattement. Maria dort seule dans sa cabine.

Tina, elle, dévale les pistes de Saint-Moritz, et se casse la jambe à quelques mètres du Corviglia Club. Rapatriée en Angleterre, elle est soignée dans une clinique très chic près d'Oxford. Onassis se précipite, les bras chargés de fleurs. Il est accueilli par un homme qui sort de la chambre de son ex-femme. « Sunny », marquis de Blandford, le salue avec discrétion et distinction, comme seuls les Anglais savent le faire. Il vient de lui planter une épée affilée en plein cœur.

Moi, Tina Livanos,
le 23 octobre 1961 à Paris

Je présente d'étonnantes dispositions au bonheur. J'aime les mariages. Surtout les miens ! J'aime la fête, mes amis autour de moi, les journalistes avides de mes faits et gestes. J'aime l'idée qu'Ari enrage, qu'il ne puisse pas épouser le canari fardé, qu'elle croupisse dans une cabine du yacht. J'aime choquer ma sœur qui ne cesse de répéter que je vais être bigame, puisque la religion orthodoxe ne reconnaît pas le divorce. J'aime surprendre le monde entier. Je suis une grande fille toute simple. Je connais l'échec et me relève. Encline à la bataille, et jamais vaincue.

Rue de Lisbonne, à quelques mètres de la Madeleine. Sunny est anglican, moi bigame apparemment, soyons laïcs, c'est très en vogue. La mairie du VIIIe arrondissement, si bourgeoise, si française, Sunny fait la grimace, oh quel snob impénitent !

Mon fiancé est terriblement britannique. Immense, mince et distingué. Ses yeux un peu ronds et très pâles se remplissent de larmes quand il me regarde. J'adore ! Sa bouche est pulpeuse, son nez court, ses joues pleines, avec de la couperose, l'air de la campagne, et sa raie bien dessinée sur le

121

côté. Il est la courtoisie achevée, ses manières sont parfaites. Il rehausse les miennes qui ne le sont pas. Son flegme et sa bonté m'ont conquise. Le calme après l'orage. Il a passé un œillet dans sa boutonnière, sa cravate bleu clair est assortie à mon tailleur Chanel, bordé de vison. Je porte une toque de fourrure, une robe cintrée sans manches. Un double rang de perles et une broche Cartier imaginée par Jeanne Toussaint. Sunny effleure mon dos, nous traversons la cour intérieure, passons sous une voûte reposant sur des colonnes corinthiennes. L'escalier d'honneur est clinquant, éclairé par un lustre magistral, encadré de tapisseries affreuses. La rampe de bronze laisse apparaître des branches de gui les ailes et le caducée d'Hermès. Onassis adorerait !

Eugénie porte avec une élégance inégalée un tailleur en lainage pastel. Et sa raideur habituelle. Elle veille jalousement sur son mari. Il flirte avec une rousse pulpeuse, moulée dans un fourreau extravagant. Eugénie se contracte. Niárchos et Pamela, tout le monde est au courant. Cette fille est une putain. C'est aussi la cousine de Sunny, qui l'a invitée. Elle s'est précipitée depuis New York où elle vient de s'installer avec Leland Hayward. Eugénie répond à Papa sans écouter sa question, récupère le petit Spyros qui grimpe sur la rampe, sans quitter des yeux son mari. Pamela pince la joue de Niárchos comme s'il était un mauvais garçon, quelle impudence ! Il dépose un baiser au creux de sa paume. Je pourrais rassurer Eugénie, lui expliquer que l'on ne peut rien contre un cavaleur, juste lui offrir une liberté dont il n'abusera pas. Je pourrais lui apprendre que Niárchos ne remet jamais le couvert, trop pressé de s'abreuver ailleurs. Je pourrais serrer ma sœur contre mon cœur, lui avouer que moi aussi je souffre. Mais mon orgueil est tel que je préfère sacrifier mon amour, épouser Blandford pour terrasser Onassis.

Christina s'accroche aux pas de sa cousine Maria qui essaie de la semer. Mon fils Alexandre ne quitte pas mon père, ils raffolent l'un de l'autre. La salle des mariages n'est que marbres, mosaïques et dorures. Le plafond est décoré par une peinture grotesque relatant l'enlèvement d'Europe. Des figures pompéiennes ornent les panneaux des portes, des arabesques sont sculptées en relief. C'est à vomir ! Sunny est horrifié.

— Ces Français sont infréquentables, chérie !

La porte reste grande ouverte afin qu'une personne opposée au mariage puisse entrer et se faire entendre. Ari ? Le Grec est bien trop lâche. Nous nous installons dans les fauteuils de velours cramoisi. Nos témoins, le père de Sunny et Georgie, mon frère, se placent de chaque côté. Nos parents, nos frères et sœurs, nos enfants sont assis au deuxième rang. Christina a trépigné pour être demoiselle d'honneur. On a réglé le problème en supprimant les enfants d'honneur. En beige, dans cette robe à volants conçue par Christian Dior, elle est encore plus moche. Ce teint olivâtre, c'est la faute d'Onassis. Ses gênes de métèque ressortent. Au moins, je ne risque rien avec Sunny. Si un homme incarne l'esthétisme, c'est bien lui. Sa généalogie est sans taches. Et cette allure, cette nonchalance. Comme s'il n'appartenait pas à ce monde. Son air hautain masque sa pudeur. Niárchos a rejoint Eugénie, elle est rassurée. Mais pour combien de temps ? Ma sœur a des cernes marqués sous les yeux et les joues creuses. Ses lèvres sont trop rouges, son décolleté profond. À force d'attirer l'attention, elle repousse les regards. Monsieur le Maire vient d'entrer, il se nomme Jean de Fez, personne ne le connaît, personne n'est français. Sunny plonge son regard amoureux dans le mien. C'est irréel pour une fille qui n'a jamais rien vu d'autre que l'argent. Nous nous marions seize mois après mon divorce, ce n'est pas si déplacé, n'est-ce pas ?

– Monsieur John George Vanderbilt Henry Spencer-Churchill, né le 13 avril 1926 au palais de Blenheim, Angleterre, divorcé de madame Susan Mary Hornby; et madame Athina Mary Livanos, née le 19 mars 1929 à Londres, Angleterre, divorcée de monsieur Aristote Socrate Onassis; je vais vous lire les devoirs des époux selon le Code civil français...

Sunny, je l'ai connu à Saint-Moritz, puis retrouvé à Oxford. À la clinique. Encore un accident. Carolyn Townshend sortait avec ce type, croisé à la Moonlight Party *du Corviglia Club. Qui était-ce ? David Ogilvy, Colin Tennant, Mark Bonham-Carter... Je ne me souviens plus, sauf qu'il était très copain avec Sunny. Cette nuit reste floue. Nous avons chanté de vieux airs autrichiens au son de l'accordéon, nous avons bu de la vodka glacée, nous nous sommes repus de viande des Grisons et de raclette. Il y avait le duc d'Albe, Henry de La Falaise, et Gunter Sachs... Nous sommes tous montés en traîneau au funiculaire, et j'ai choisi de redescendre en skeleton. Ils ont voulu me l'interdire, ont hurlé que c'était hasardeux. Mais l'alcool efface le danger. Le skeleton, c'est un genre de bobsleigh mais sur le ventre. On se laisse glisser en chute libre sur la piste avec des crampons aux pieds pour freiner. Je n'ai pas su freiner, il était minuit, j'ai pris un sapin de plein fouet ! Je me suis*

*réveillée à Oxford. Onassis a débarqué en pestant contre la
neige et ses périls.*

*Et puis Sunny est venu, ce jeune homme chic, cet Anglais
bien élevé. Il vivait à Lee Place, pas très loin, juste à côté
de Blenheim, le château de son père, dixième duc de
Marlborough. Je ne savais pas que les aristocrates se comp-
taient sur les doigts de la main. Il s'est excusé mille fois, a
évoqué ce sport idiot, reproché à ses ridicules amis de
m'avoir poussée à descendre la tête la première, quelle
honte ! Oui il était là, au Corviglia Club, il a crié plus fort
que tout le monde, ce côté casse-cou chez une fille au si joli
nez, fascinant ! Et le drame. Moi dans le coma, les copains
dans les choux, la* party *avortée ! Sunny a tout pris en
main, il a décidé de me sauver, me protéger, m'aimer. Il
m'a installée à Oxford pour une convalescence de rêve.
Chaque matin, il m'a fait la lecture. Les sœurs Brontë.
J'écoutais, j'entendais la beauté. Et puis George Eliot,
Thackeray, Fielding. Je me suis sentie intelligente, pour la
première fois de ma vie, intéressante. Il a promis de
m'emmener sur les pas de Jane Austen, Kipling, Henry
James, Byron, j'ai dit oui à tout, j'ai vu Bath, Rye, le
Sussex, la forêt de Sherwood.*

*– Art. 212. Les époux se doivent mutuellement fidélité,
secours et assistance.*

*Et moi, je songe à mes amants. Ils étaient magnifiques. Il
me fallait au moins ça après la gargouille, comme l'appelait
Eugénie. La gargouille, la grenouille, le grimaçant, faisant
du bruit, effrayant les enfants. Mais je l'aimais. Comme je*

l'aimais. Je l'aime encore. Et l'aimerai toute ma vie. Pourtant, tu m'as tant fait souffrir Ari. Alors oui, la liste de mes amants s'est mise à s'allonger. Pour me venger, par besoin d'amour, je pensais que le sexe allait y contribuer.

J'ai adoré José Luis de Vilallonga. Il était auréolé du succès de son premier roman, Les Ramblas finissent à la mer. *Non, je ne l'ai pas lu évidemment, c'était en espagnol ! José Luis était sublime, tendre, avant tout cosmopolite, un amant d'une finesse incroyable, macho mais doux, il mettait son existence en scène. C'était un intellectuel, il aimait le cinéma, la poésie, un esthète aussi. Mon fier* hidalgo, *mon soupirant empressé. L'Espagne ne voulait plus de lui, qu'à cela ne tienne, il devenait l'exilé le plus chic de la* café society. *Un dandy, avant tout un provocateur, un jour monarchiste, le lendemain communiste, mon corps était avide de lui, il déclinait sa généalogie en tétant mes seins avec ardeur.*

— Ah l'amour, Tina, n'est jamais de bonne famille…, soufflait l'Espagnol en me retournant dans son baldaquin.

José Luis de Vilallonga m'a aimée toute une année, puis il a fait ce film avec Jeanne Moreau. Il s'est mis à moraliser, cela m'a énervée. Bien sûr qu'Onassis l'a su. Il m'a frappée, traitée de putain, ordonné d'arrêter cette liaison. Naturellement, j'ai continué. José Luis était un homme très en vue.

— Art. 213. Les époux assurent ensemble la direction morale et matérielle de la famille. Ils pourvoient à l'éducation des enfants et préparent leur avenir.

Porfirio Rubirosa, je l'ai rencontré au casino à Monte-Carlo. Il venait de tout perdre, et cela le faisait rire. Oui sa

126

femme va payer, le problème c'est qu'il ne sait plus laquelle. Doris Duke ou Barbara Hutton ? Rubi était à tomber. Son cynisme, son panache, son exotisme, son nom était une légende ! Pour une fille comme moi, quel bonheur ! J'avais l'impression de faire l'amour avec un joyau. Rubi, le modèle avéré du play-boy. José Luis de Vilallonga était le gentil-homme de l'orgasme, mais Rubi, c'était le roi de la jouissance. Cela ne s'arrêtait jamais, c'était épuisant. Il ne prenait son plaisir qu'en observant le ravissement de sa compagne. On était drogués à l'allégresse, la félicité nous dévorait. Quelle grâce dans l'adultère, ce don de soi, je ne l'ai trouvé chez personne d'autre. Il avait fréquenté les mêmes bordels qu'Ali Khan au Caire. Ah, ce pauvre Ali, sa mort a sonné comme un glas, la fin de notre monde !

– Art. 214. Si les conventions matrimoniales ne règlent pas la contribution des époux aux charges du mariage, ils y contribuent à proportion de leurs facultés respectives.

À Venise, au bal d'Elsa Maxwell, je danse joue contre joue avec le comte Brando Brandolini d'Adda. Un sentimental. Il est marié à la sœur d'Agnelli. Lui aussi est plongé dans le passé, il n'en finit pas d'évoquer les divins condottieri *qui protégèrent la Vénétie des invasions. Ces nobles en mal de gloire ! Brando mêle l'exotisme au raffinement, la magie à la grandeur, quel cocktail. Je m'en suis délectée, puis je me suis ennuyée. La réputation des Italiens n'est plus à faire, et je suis capable de désintéressement.*

– Art. 215. Les époux s'obligent mutuellement à une communauté de vie.

Et puis Reinaldo Herrera. Si jeune, si doux, si amoureux. Moi la tigresse, la dévoreuse, j'ai brisé tous les tabous. On s'est connus lors d'un bal chez les Rothschild. J'avais besoin d'un cavalier, je me suis laissée courtiser. Il était tellement plus jeune que moi, mais si joli garçon, et si prévenant. Il pilotait des hors-bord sur la Méditerranée, il aimait les soirées fastueuses de la Riviera. Sa fortune venait du pétrole du Venezuela. Les Sud-Américains valent bien les aristocrates, ils sont immensément riches et donnent le ton en Europe. Moi le gratin, j'adore ça !

— Mademoiselle Livanos, consentez-vous à prendre pour époux lord Spencer-Churchill ?
— Oui, évidemment.
— Vous êtes unis pour le meilleur et pour le pire.
Une salve d'applaudissements. Et me voilà marquise. La cérémonie a duré moins d'un quart d'heure. Nous recevons dans la plus stricte intimité, ce côté anglais, il va falloir que je m'y fasse.

Niárchos prête son avion pour notre voyage de noces. Et nous filons en Grèce plonger dans la mer Égée. Je pourrais mourir du mal de mon pays. Les lumières du port déchiquettent la nuit quand nous posons le pied à Mykonos. La lune est là pour contrer le regard de Méduse. Je rêve d'une grande maison blanchie à la chaux, d'arbres centenaires, de ma terre dorée, du soleil couchant sur un horizon serein. Dis-moi, Sunny, tu me l'offriras ? Mon époux trouve la terre aride et caillouteuse. Non, ce n'est pas pour moi que le paradis a été créé. La discorde est née d'une pomme cueillie dans

128

le jardin des Hespérides. Je sens le bras de Sunny autour de ma taille, son baiser léger dans ma nuque, il ne parvient pas à me décoiffer. La mer est d'encre et les fantômes prennent possession des lieux, la déesse de l'Amour est plus vieille que la Grèce elle-même. Je rêve de la vibration du soleil sur ma peau, de nuits palpitantes et magnétiques, je rêve d'un homme qui fasse jaillir les ultraviolets et apprivoise mon âme. Je voulais être la femme d'un riche armateur, c'est fait. Je voulais être une aristocrate respectable, c'est fait. Pourquoi ai-je la sensation que la pièce se joue sans moi ?

Paris, Achille, Hector et les autres

Lee Place à Charlbury, près de Chipping Norton, dans les Costwolds, Oxfordshire. Angleterre donc. Un passé médiéval propice aux mythes et légendes. Le roi Arthur, la Table ronde, tout cela est bien loin de l'Olympe et de l'ambroisie. La campagne anglaise est un monde à part. Qui ne ressemble à rien de connu. Unique pour les Britanniques, étrange pour les autres. Murets de pierre, routes tortueuses, échaliers bringuebalants, bosquets toujours verts, Tina conçoit vite d'où vient cette sérénité qui émane de Sunny. L'environnement est une bulle ouatée érigée en art. Ici le guerrier se pose, l'amant s'oublie, le maître règne. Lee Place est une demeure Tudor imposante, en pierres de taille, tapissée de lierre, avec de nombreuses cheminées sur une suite de toits pentus en ardoise. Les fenêtres à guillotine sont entourées de moellons et ploient sous un fronton sculpté de bas-reliefs. L'intérieur est *cosy* et rococo. Plafonds aux moulures élégantes, scènes de chasse sur les murs et généalogie des Marlborough dans leur splendeur. Rideaux de brocart, tissus chinois et tapis persans. Les boiseries sont habilement travaillées, sur des poufs, des livres d'art sont posés en équilibre, dans des timbales en argent marquées aux armes de la famille, des cigarettes. Le manteau de la cheminée croule sous les cadres et les chandeliers. Quel temps fait-il à Monte-Carlo ? se demande Tina. Beau évidemment, la Riviera n'a rien à envier à la Grèce. Debout derrière la vitre, Tina caresse machinalement le voilage. La pluie tombe avec persistance. Dans l'âtre, un feu brûle comme en Enfer.

Les feuilles des marronniers tourbillonnent avec le vent. « *Tumbling down, tumbling down, the leaves on the trees come tumbling down* », fait la comptine. Sunny s'enfonce dans l'allée principale, chaussé de bottes Wellington, et patauge dans la gadoue. Ce côté gamin qui ne le quitte pas touche Tina. Bientôt Sunny disparaît, le brouillard est si dense. Une petite cabane en bois se dresse face au lac, un banc de pierre, le maître de céans est en tête à tête avec la nature.

Au chaud dans le salon, Tina sirote son Pimm's, son regard se perd dans les portraits familiaux. Consuelo Vanderbilt, flamboyante, provocante, presque agressive sous le pinceau de Boldini. Tellement grande, tellement mince, avec son cou de girafe et sa taille de guêpe. Une débutante à qui le monde était promis, puis mariée au neuvième duc de Marlborough. Plus tard, sur les portraits d'Helleu et Sargent, elle a un air compassé, elle est duchesse. Et Jennie Jerome, fille d'un homme d'affaires de Manhattan, qui deviendra la mère de Winston Churchill. Ont-elles souffert, elles aussi, de ce désarroi, ce sentiment de ne pas trouver leur place ?

Oh Sunny est si prévenant, le modèle de l'intégrité, songe Tina en se posant mille questions existentielles.

Surtout sur le jardin. Pourquoi en faire un tel tintouin ?
Cette roseraie par exemple, c'est une idée fixe. Sunny a
toujours un sécateur à portée de main, malgré les deux
jardiniers. Il explique que la taille est singulière, person-
nelle, qu'il faut éviter les glaïeuls, oublier les bégonias,
que les hortensias sont vulgaires. Sunny met plus de fer-
veur à caresser ses fleurs que le corps de son épouse. Tina
grelotte. Elle n'a pas prévu l'abstinence, la pluie et l'horti-
culture. Elle commence à en avoir assez de la cambrousse,
de l'aristocratie et de ses usages. Quand il va se coucher,
dans sa chambre au premier étage, son mari s'éloigne les
chaussures à la main. Sur la pointe des pieds. Est-ce ainsi
que les Anglais ont remporté leurs fameuses batailles ? se
demande Tina. Elle passe sa vie, une cigarette à la main,
le téléphone ou bien un verre. Son médecin lui a prescrit
des pilules pour dormir et d'autres pour se réveiller. Parfois elle titube, c'est le gravier devant la maison. Elle n'a
pas d'amant, et essaie de se comporter avec la désinvolture de ceux qui sont conscients de leurs atouts.

— Je me suis souvenue hier que j'avais perdu quelque
chose d'essentiel en quittant Onassis, mais je n'arrive
pas à savoir quoi, explique-t-elle à Eugénie de passage à
Londres.

— Tes illusions, les gens à la mode…

— Les amis de Sunny sont chics !

— Mais tellement ennuyeux, chérie. Fais attention, cela
déteint sur toi, tu as l'air d'une paysanne.

Heureusement Tina et Sunny se rejoignent sur une passion commune, les courses. Ascot, Epsom, Deauville…
Sunny possède une écurie et Tina, un goût certain pour

les longs gants clairs. Un esclandre épouvantable a lieu le 10 octobre 1962 au Prix de l'Arc de Triomphe. La plupart des spectateurs n'aperçoivent pas le bout de la queue d'un cheval, c'est un peu le métro à l'heure de la sortie des bureaux, mais Tina et Sunny, depuis leur loge, ont une vue plongeante sur Longchamp. Dans la dernière ligne droite, quatre chevaux donnent des sueurs froides à leurs propriétaires, et c'est le numéro 14, Soltikoff, monté par Marcel Depalmas, qui se dégage à longues foulées dans les derniers mètres. Sa propriétaire madame del Duca empoche quatre-vingt-quatre millions de francs. Le cheval de Sunny a été malencontreusement bousculé dans le dernier tournant. Mais le véritable scandale, c'est que ce jour-là dans les loges Tina croise Marie-Hélène de Rothschild dans la même robe qu'elle ! Les deux femmes s'ignorent superbement. Les mauvaises langues estiment que le faux pas vient du fait que Tina, aussi radine que son père, ne porte qu'une copie. On ne connaîtra jamais la vérité. Tina fait parler d'elle, c'est tout ce qui compte !

La perspective de devenir duchesse est fascinante. Tina l'envisage avec allégresse. À la mort du père de Sunny, elle sera l'épouse du onzième duc de Marlborough. Ce qui lui plaît, c'est que ça exaspère Onassis. D'autant qu'elle est désormais par son mariage la cousine de Churchill ! Elle ne l'avouera jamais, mais Onassis lui manque cruellement. Le luxe dont il la couvrait lui fait atrocement défaut. La vulgarité même d'Onassis lui manque. Il est ancré en elle, il est l'homme de sa vie, personne ne peut le nier. Surtout pas Sunny qui ressemble à son domaine, grandiloquent, dégingandé et à mourir d'ennui ! À sa naissance, il a reçu le duché de Sunderland, d'où son surnom. Et c'est sa seule fantaisie. Et cette manie de nourrir les carpes ? Quand elle voit son grand escogriffe de mari, affublé de son Barbour, le bob vissé sur la tête, partir à l'assaut de ses bassins, Tina est atterrée, les bras lui en tombent. Des poissons qui sautent en ouvrant la bouche, une eau boueuse, des écailles grisonnantes ! Plus ça va, plus elle songe que les coutumes de la *gentry* relèvent de la débilité. Sunny a tout d'Hector, bourré d'*a priori* et de principes idiots. Et Tina ne voit plus le jour se lever en Angleterre.

Quant aux enfants, ils détestent la campagne anglaise. Monaco, c'est tout de même plus drôle que Chipping Norton. Pour les vacances, ils retrouvent leur père, toujours à la colle avec la Callas qu'ils haïssent. La pauvre femme se met en quatre pour leur plaire. Mais ils l'ignorent et n'ouvrent jamais les cadeaux qu'elle leur offre. Alexandre et Christina sont très mal élevés. Rejetés par leurs deux parents, ils n'ont rien à dire aux pièces rapportées. Pas plus qu'ils ne se parlent, aucune complicité ne les lie. Onassis est dévasté par son divorce. Il a mal aimé Tina, mais il l'a aimée. Il prend à part son fils pour lui expliquer la vie.

– Tu vois Alexandre, explique-t-il au petit garçon de treize ans, la main posée sur son épaule, les femmes et la mer se ressemblent. Une femme peut défendre l'homme qu'elle tient dans ses bras, de même qu'il peut être apaisé par l'étreinte paisible de la mer qui caresse doucement son corps, par la force tranquille de l'océan qui le berce. Il arrive aussi qu'une femme fasse perdre sa maîtrise à un homme lorsqu'il est ballotté sauvagement par des vagues géantes. L'homme se croit capable de contrôler la mer. Mais au fond de lui, il se sait impuissant contre ses fureurs.

— Tu es malheureux Papa, ne t'inquiète pas, Sunny l'est aussi.

— Tu parles d'une consolation !

— Qu'est-ce qui te ferait du bien Papa ?

— Que ce salopard de Niárchos sombre !

Il en est loin ! Niárchos a tout, sauf le paradis. Qu'à cela ne tienne, il va le fabriquer. Qui ne possède pas sa propre île en Grèce, n'est personne ! À près de cinquante-cinq miles d'Athènes, dans la baie d'Argos, Stávros Niárchos se paye un confetti désert de quatre kilomètres carrés, une île brute et vierge, Spetsopoula. Il y crée des plages et des prairies, des collines et des sentiers boisés. Il peuple l'endroit de biches, de mouflons et de faisans de Chine. Il y installe des volières avec des oiseaux de paradis, comme une multitude de feux d'artifice. Des hardes de chevreuils, des troupeaux de mouflons de Sardaigne gambadent en liberté dans une forêt de genévriers, de pins, de cyprès et d'oliviers. Les lézards sont d'une magnifique couleur émeraude, les fleurs s'épanouissent toute l'année. Il y a près de quatre-vingts points d'eau disséminés sur toute l'île, une eau amenée par containers entiers. Niárchos transforme un caillou, une nature sauvage et rocailleuse, en Éden garni de pelouses, de ruisseaux et équipé des derniers perfectionnements technologiques. Une île au milieu de la mer dans laquelle se déversent le soleil et le bleu du ciel, un refuge baigné de lumière et de sainteté, Spetsopoula est le diamant de la mer Égée. Là-bas, Eugénie réapprend à sourire et à se détendre. Elle oublie ses angoisses, les maîtresses de son mari et vit isolée, heureuse, avec ses quatre enfants et son époux.

La villa ressemble à ces demeures américaines du Vieux Sud. Opulente, entourée d'un délire de colonnades avec un perron solennel et un majestueux escalier qui mène au jardin. Une quinzaine de pièces dans les tons pastel, ornées de moulures ciselées, des sols en marbre, des murs en bois précieux. On croule sous les œuvres d'art, l'argenterie, les meubles en acajou, la porcelaine de Saxe. Tous les Modigliani ont été rapatriés ici. Et dans le regard vide des modèles du peintre, Niárchos devine le reflet orageux de la mer par gros temps. Le jasmin et l'aubépine s'enroulent autour des colonnes ioniques de la balustrade. Des allées secrètes longent les figuiers centenaires jusqu'aux maisons d'invités. Ici tout n'est que rondeurs et courbes, camélias et azalées, iris sauvages et hibiscus. On se déplace en voiturettes électriques. Toutes sont équipées d'un radio-téléphone pour appeler Londres, Hong Kong, New York à tout instant. Deux hélicoptères sont à disposition pour rejoindre Athènes. Sur le sommet de la plus haute colline, dominant l'étendue rocheuse, une ravissante chapelle toute blanche avec une coupole de verre laisse filtrer une froide lumière bleutée. À l'intérieur, une série d'icônes rares couvre les murs immaculés. Niárchos et Eugénie sont très pratiquants, tous les dimanches, un prêtre orthodoxe vient depuis une île voisine pour célébrer la messe.

Il y a près de cinq cents employés à Spetsopoula dont cinquante-huit en permanence. Ils sont déposés par bateau le matin et ramenés tard le soir. Un radar protège l'île. Impossible de la survoler, de la photographier ou bien d'y accoster. Cette forteresse, conçue pour Eugénie, lui offre la plus fastueuse, la plus démentielle des résidences. Un monde clos, totalement coupé de l'extérieur, c'est exactement ce dont elle rêvait. Elle seule en est digne.

– Ici je pourrais dormir pour l'éternité, souffle Eugénie. Si seulement tu restais un peu...

– Je pars demain.

Il part mais revient. Avec des cadeaux somptueux, des amis nouveaux, des fats et des indolents, des tycoons et des requins, des dessinateurs de mode, des descendants du Saint-Empire, des réputations entachées reposant sur des coffres-forts blindés. Un jour il ramène Tina, c'est une surprise, ils se sont croisés à Londres, il l'a trouvée pâlotte, le soleil de Grèce lui manquait. Et la marquise anglaise découvre avec horreur Spetsopoula. Elle est hébétée de jalousie.

– C'est quoi le bonheur, Eugénie ? demande-t-elle, le regard perdu dans le bleu de la mer, à moins que cela ne soit l'ouzo.

Elle porte un bandeau en seersucker assorti à sa robe, elle a l'air d'avoir dix-huit ans.

– Les liens sacrés du mariage.

– Idiote, le bonheur, c'est Spetsopoula !

Et Niárchos. Elle ne le dit pas, mais le pense tellement fort. Elle est fascinée par le mari de sa sœur. Envieuse. Eugénie a fait le bon choix. Elle a aujourd'hui tout ce que Tina a toujours désiré. Et voici qu'elle pleurniche, que cela ne lui suffit pas, son mari n'est pas assez présent, elle doute de lui. Enfin, Eugénie, de quoi te plains-tu ? Tina observe Niárchos à la dérobée. Au téléphone, au bout de la terrasse. Droit, solide comme un roc, il parle doucement, mais chaque mot est incisif. Il raccroche, un serviteur repart avec le téléphone sur un plateau. Niárchos n'est pas du genre à aller nourrir les carpes ou tailler les rosiers. Tina éclate de rire.

– Qu'y a-t-il ? interroge Niárchos en les rejoignant.

– Rien Stáv, je songeais que ma sœur a beaucoup de chance, rétorque-t-elle en balayant l'horizon du regard, avant de l'ancrer dans les yeux de son beau-frère.

– C'est ici ma véritable maison, avoue-t-il en écrasant sa cigarette et en lui baisant la main.

Je te veux, songe Tina.

Voici revenue la saison des croisières, un passe-temps essentiel à la *café society*. Le *Sister Anne* de Daisy Fellowes damne le pion à *La Gaviota* d'Arturo Lopez. On en a soupé du *Christina O.* d'Onassis et du *Warrior* d'Harrison Williams. Les beaux monstres sont de sortie. Qui remporte quoi ? Oubliées les épreuves sportives, c'est à coups de Cézanne et de Renoir que l'on rivalise dans les salons en arc de cercle.

Le *Créole* croise en Méditerranée avec ses invités sensationnels, ses célébrités des arts mineurs, du cinéma et ses habituels mondains. Cynthia Balfour, May de Brissac, Jacqueline de Ribes, les Cabrol, Fulco di Verdura. Burton et Liz Taylor qui fait cadeau au monde entier de ses yeux violets. Et puis Tina et sa meilleure amie Marina Cigogna, la petite-fille du comte Volpi, celui-là même qui a créé la Mostra de Venise.

– Qui est cette grande femme qui embarque ? demande Marina en allongeant ses jambes interminables le long de la rambarde cuivrée.

– Garbo, répond Tina, ajustant ses lunettes de soleil.

– Je croyais qu'elle était proche de ton ex.

– Niárchos récupère tout ce qui est proche d'Onassis.

– Et toi ?

– Joker, lance Tina en se saoulant d'air.

– On dit qu'elle est capricieuse.

– Eugénie ?

– Non, Garbo.

Garbo n'est ni autoritaire ni capricieuse. Elle arrive de Rome où elle vient de rencontrer Luchino Visconti. Il a un projet fou, adapter Proust, avec Garbo en duchesse de Guermantes. Alors que le *Créole* jette l'ancre près de l'île du Levant, Garbo, adossée sur le pont, aperçoit un nudiste à ski nautique.

– Tina, s'exclame-t-elle, j'ai l'impression que c'est un homme, mais je ne suis pas certaine, il y a tellement longtemps que je n'en ai pas vu !

– Je vous le confirme ! s'écrie Tina en éclatant de rire. Nu et véritable éphèbe !

Tina et Eugénie trinquent à la vie, à la mort, au destin et à l'apothéose. L'ont-elles atteinte ? Dépassée peut-être ? Mais alors que reste-t-il ? Le champagne est un puissant aphrodisiaque, tout est permis, même d'aimer comme les putains, c'est ce qui manque à Eugénie qui y met pourtant du sien. Tina possède l'amour en Angleterre, pourquoi est-elle sensible aux marques d'affection du mari de sa sœur ? Elle croyait ses valeurs immuables, et pourtant elle n'est attirée que par le superficiel, la légèreté. Elle doute de la sincérité, surtout de la sienne. Elle croise le regard d'Eugénie, ce reproche larvé l'excite. Tina est cruelle. Et intelligente. Elle sait que rien ne la satisfera jamais.

– Je te vois faire, tu lui tournes autour.

Eugénie jette sa cigarette, emportée immédiatement par une vague. Ses boucles brunes volettent dans la brise marine, son visage s'est durci. Sa bouche paraît plus grande, deux plis se sont creusés, l'amertume s'est installée.

– Pardon Eugénie, je m'ennuie c'est tout.

– Tu ne peux pas t'en empêcher, il faut que tu sois la première. Que les lumières brillent pour toi.

– Tu me fatigues. Tes rêves d'absolu n'excitent personne, amuse-toi Eugénie, gorge-toi de légèreté. Je ne te piquerai pas ton mari. Enfin, pense à nos parents !

– Pourquoi as-tu toujours de mauvaises raisons ?

– La raison n'existe pas, je combats le vide.

– Tu me fais peur.

– Aie confiance en moi.

– Certainement pas, Tina !

Athènes en septembre, et puis les Petalis. À Corfou, les sœurs Livanos dépensent une fortune au marché. Qui s'est baigné nu à Paleokastrítsa ? À Delphes, on cherche la pythie, c'est sur Charlotte de Noailles que l'on tombe. On voulait une photo de groupe sur le Parthénon. Niárchos était collé contre Tina, tout le monde le remarque, Rudi Crespi est horrifié, Consuelo fait des messes basses. Mais où est Eugénie ? Pourquoi parle-t-on encore du bal Beistegui ? C'était il y a plus de dix ans maintenant. À croire que la conversation s'étiole. On dit qu'il y a de l'eau dans le gaz entre Fiona Campbell et Hans Heinrich von Thyssen-Bornemisza. Quelle est la différence entre une ambassade et une maison de passe ? Aucune ! Autant d'activités sensationnelles pour une mondaine que pour une pute. Il n'est que temps de relire saint Paul, l'épître aux Éphésiens, sur la vanité des relations de ce monde.

Des pilules bleues, rouges, vertes ou jaunes. Des pilules pour s'évader, dormir, maigrir, travailler sa mémoire ou rester jeune. De l'alcool pour les avaler. Couchées dans le noir, les yeux grands ouverts. Du sexe pour les oublier. Avec qui, avec quoi ? De la drogue si ce n'est pas assez. Et on recommence. Des pilules bleues, rouges, vertes ou jaunes. Des pilules pour s'évader, dormir, maigrir ou rester jeune… Eugénie et Tina Livanos s'en repaissent à longueur d'après-midi, d'aubes et de crépuscules. Elles qui pensaient se gorger d'impertinence, faire de leur vie une œuvre d'art joyeuse et spirituelle, flamboyante et fine comme elles, elles ont atteint trop tôt l'âge de l'anxiété.

La musique hurle. Adriano Celentano braille *ventiquattromila baci*. C'est d'une vulgarité, songe Maria Callas en claquant la porte de sa cabine. Mais Onassis aime les chanteurs populaires, cela le rend joyeux. Il n'y a que cela qui l'apaise en ce moment, il a toutes les raisons d'en vouloir au monde entier. Primo, sa *Baby Doll* file le grand amour en Angleterre. C'est du moins ce qu'il croit. Deuzio, il ne supporte plus la diva et ses caprices. Elle n'est jamais contente, ne remercie personne, n'a pas un mot, pas une attention à l'égard des autres. L'équipage la déteste, les enfants la haïssent, Onassis aimerait s'en débarrasser, mais il est terrifié à l'idée d'être seul. Tertio, Niárchos et son île paradisiaque dont tout le monde parle, Spetsopoula ! La jalousie d'Onassis est à son comble. Niárchos possède quelque chose qu'il n'a pas. Quelque chose de fou et de somptueux. Il a le privilège de la nouveauté. Il a conçu une œuvre d'art qui lui ressemble, éloquente et brillante. Onassis est ivre de rage et décide de faire mieux, il va s'offrir l'éternité, Skorpios !

Skorpios, la perle de la mer Ionienne, l'éclat d'émeraude surgissant du turquoise. L'île sinueuse en forme de scorpion, celle que l'on appellera un jour le refuge des amants maudits. Pour l'heure, ils ne sont pas amants, ils se connaissent à peine. Skorpios n'est qu'un paysage aride et désolé. Deux cents hectares de rochers et de chardons, d'herbes sèches, de collines dénudées, avec une petite maison de stuc rose, une chapelle de pierre et un pressoir qui donne sur l'extrémité montagneuse d'Ithaque. Il paraît que les anciens propriétaires s'y sont entretués. Onassis aime le romanesque et l'enjolive à loisir ! Il va créer le jardin des Hespérides en préservant la beauté sauvage de l'endroit, une oasis de verdure rehaussée par la mer. La vie de gondolier a ses limites, l'armateur a besoin d'un havre à la hauteur de ses rêves insensés.

À Leucade, l'île voisine, on s'effraie des travaux herculéens, on s'étonne, on observe de loin la noria d'hélicoptères et de bateaux, on ne parle plus que de l'étrange voisin, un fou. Il faut dire que la vie est morne ici-bas, les hommes ne s'intéressent qu'aux phoques à ventre blanc, les femmes ont la peau racornie par le Meltem, les enfants coupent les lézards en rondelles, les routes sont défoncées par les nids-de-poule, il y a bien quelques vestiges mycéniens pour attirer le touriste, mais rien de fracassant. Leucade possède l'eau douce indispensable à toute vie... Et le maire en refuse l'accès à Onassis. Le Grec est abasourdi.

— C'est quoi, ces gens qui ne veulent pas d'argent ? s'agace-t-il, accoudé au bastingage en cuivre du yacht.

Dans le port de Corfou, les badauds se pressent pour

apercevoir le milliardaire. Mais le milliardaire rumine et sa princesse a mauvaise mine.

– Ce ne sont que des pêcheurs, Aristo, tes envies ne sont pas les leurs, cela te dépasse, tu es incapable de te projeter. La vie des autres, Aristo, comme un jeu de miroirs, soupire Maria, le regard perdu vers son avenir trouble.

– Tu n'y comprends rien, j'ai besoin d'eau pour Skorpios.

Il jette son cigare, avale son ouzo et la fixe froidement. Elle a l'impression que deux torpilles percent les verres à double foyer pour s'enfoncer dans son cœur. Cela lui fait un mal de chien. Elle l'aime plus que tout. C'est son homme. Il lui a fait découvrir le plaisir, la jouissance, il n'a aucun tabou. Il a apprivoisé sa nudité, il lui a appris à s'offrir comme une putain. Cette liberté, aujourd'hui il ose la reprendre, elle déraille. Comme toute femme bafouée, Maria voue un culte à son persécuteur.

– Tu leur soutireras tout ce dont tu as besoin, Aristo, je n'en doute pas une seconde.

Plus frêle que jamais, elle s'étiole. Sa voix lui a ouvert le monde, elle a charmé son monstre sacré. Ce talent-là, son placement, ce diaphragme qui retenait l'air, le son qui semblait naître du bas de sa colonne vertébrale et explosait dans sa tête, comme une caisse de résonance, et les aigus qui s'envolaient toujours plus haut. C'est une arme, une ruse de sirène. « Si vous écoutez leur chant, elles vous attireront à elles », expliquait Circé à Ulysse. La voix de Maria envoûtera les pêcheurs de Leucade. Quelle idée de génie, songe Onassis. Il se retourne vers sa maîtresse qui disparaît dans sa cabine.

– Maria ! hurle-t-il.

– Oui ?

– Tu vas donner un récital là-bas.

Il se sert un autre verre d'ouzo.

– Ma voix ne m'obéit plus, Aristo, je vais me rendre ridicule.

Elle garde les yeux baissés.

– Non, ce sont des pêcheurs, tu vas les honorer, tu es la diva !

– Je suis malade Aristo, j'ai des difficultés.

– Tu chanteras, tu as entendu ? Tu as dix jours pour te préparer, pas un de plus. Ne me déçois pas !

En 1958, la Callas a donné vingt-huit représentations dans six villes à travers le monde. En 1960, sept représentations. En 1961, cinq. En 1962, deux *Médée* à la Scala. Onassis a dévoré et absorbé toute sa fougue, le feu qui brûlait en elle. Il a joué avec elle, il s'en est repu, puis lassé. Aujourd'hui, il la néglige. Il pensait qu'elle était la femme de sa vie, il s'est trompé, c'était Tina qu'il ne récupérera jamais, il le sait. Les fauves vieillissent rarement ensemble. Maria Callas se sent abandonnée, perdue, elle est terriblement malheureuse. Comment changer le cours du destin ? Redevenir cette enchanteresse qu'Onassis vénérait ? Et si c'était cela le moyen ? Elle accepte, va entonner un dernier chant pour que l'eau abonde et ruisselle dans l'Éden de Poséidon.

– Imagine un public de reines et de duchesses, oublie les pêcheurs, pense à mes citernes, sinon nous deux, c'est fini, ordonne-t-il en la poussant dans le Chris-Craft.

Ce qu'elle peut être godiche ! Cet air de martyre, quelle plaie ! Maria est terreuse avec ses cheveux noirs trop lustrés et sévèrement serrés dans un chignon banane. Elle porte une robe croisée vert d'eau qui fait ressortir la pâleur de son teint, des sandales tressées avec des lacets qui grimpent le long de ses chevilles. Onassis ne pense qu'à son paradis. Ses pommiers donneront des fruits d'or. Ses abeilles confectionneront le miel le plus doux. Ses fleurs embaumeront jusqu'à Corfou. Le Chris-Craft approche de Leucade, on aperçoit les falaises blanches d'où Sappho se jeta à la poursuite de Phaon, jeune homme réputé pour sa beauté. Mythologie ou réalité ? À ce stade de notre histoire, tout est mêlé et l'on ne peut rien prédire. À peine médire. Le Chris-Craft accoste dans le petit port, le pilote tend le bras à Maria pour l'aider à sortir. Onassis est déjà loin devant. Il y a un bar et quelques restaurants le long de la marina, des enfants curieux se précipitent en courant, on leur a parlé d'une fée à la voix de cristal. Maria espère qu'ils ne sont pas déçus par son apparence. Elle se redresse, pointe le menton vers le haut, prend son air de star. Les gamins rient, se tirent par la manche, une petite fille ose quémander un autographe, la diva est rassurée, elle a besoin d'être adorée. La nuit tombe doucement, mais pas la chaleur. La brise fait voler la robe légère de Maria, un parfum d'asphodèles s'engouffre. On dit qu'ici les paysans refusent de dormir à l'ombre de certains arbres de peur qu'on ne leur vole leur raison. Le crépuscule grec est propice aux rêves les plus fous.

Sur la place du village, on a installé une scène de fortune. Une simple estrade en bois afin que les pieds de la cantatrice ne foulent pas la poussière. Les femmes l'ont recouverte d'une étoffe en gros drap brodé. Au piano, Kyriakos Sfetsas. Il s'incline devant Maria. Ces deux-là se connaissent depuis toujours. La nuit est d'encre. Les gens sont assis sur des chaises dépareillées, des enfants avachis par terre aux pieds de leurs mères, d'autres à cheval sur les murets de pierre. Tous sont venus. On n'a pas toujours la télévision à Leucade, mais la Callas, on sait qui c'est. Surtout quand elle est là pour vous. Pas un grillon, pas un chuchotement, juste le bruit du silence.

Et Maria entonne *Norma*, *Médée*, puis *Tosca*. La plus belle voix du monde se donne à la terre rocailleuse. Elle l'enveloppe, la caresse. Elle la nourrit. Maria fascine, son génie lyrique s'impose encore une fois. Envoûtés, les villageois s'abandonnent, conquis. La passion la consume, Maria ne chante que pour Onassis qui l'écoute à peine. Les gens de Leucade y entendent un hommage vibrant à leur île et à ses traditions. Le temps s'arrête, les dieux tendent l'oreille, la sonorité est d'une pureté rare, Maria a l'impression d'être aimée quand elle chante. Après le spectacle, le barbier du village lui offre un canari. Quelques jours plus tard, Onassis ouvre la porte de sa cage... Il a obtenu toute l'eau dont il avait besoin et va en vider Leucade, qui devient encore plus aride qu'avant.

Onassis fait passer au-dessus de Skorpios des avions bourrés d'insecticide pour tuer les serpents, il fait livrer du sable par bateaux entiers pour créer la plus belle des plages, de la terre riche de Corfou pour un potager extraordinaire... Oliviers, eucalyptus, cyprès, citronniers, rosiers, lauriers, figuiers de Barbarie, tous les arbres de la

Bible y sont représentés. Près d'une centaine de fleurs luxuriantes et variées s'épanouissent. Des kilomètres de sentiers sont tracés. Trois villas pour les invités de marque sont construites, un bâtiment pour le personnel, des bungalows couverts de bougainvilliers sur la plage, une ferme avec des moutons, des chèvres, des poules, des vaches à qui l'on diffuse du Vivaldi à longueur de journée pour les déstresser – c'est excellent pour le lait, paraît-il. La petite chapelle est restaurée, le port est agrandi pour que le *Christina O.* puisse y mouiller.

Au crépuscule, à l'heure de l'ouzo, on allume les lampes à gaz. Des effluves de résine et de jasmin embaument, on se laisse bercer par le chant des criquets. C'est le paradis. Un paradis conçu pour abriter les amours d'Aristote Onassis et de Maria Callas. Sauf que l'amour n'existe plus. Onassis n'a même plus envie de baiser Maria, il s'ennuie. Alors il la martyrise et elle se victimise. Ils espèrent que cela les sauvera. Il la couvre de coups, puis de caresses. Il lui crie qu'elle n'est qu'une invitée devant ses amis, puis lui promet de l'épouser. Maria rayonne, puis sombre. Elle est amoureuse d'un fou. Jetez Maria Callas parmi les fauves, ils n'en feront qu'une bouchée, jetez Tina Livanos, elle les embrochera les uns après les autres, tous les Grecs ne se ressemblent pas.

À quelques encablures, sur les rivages de Spetsopoula, deux sœurs se dorent au soleil de midi. Elles ont l'air insouciant, mais ne le sont pas. Elles ont l'air heureux. Elles ne le sont pas non plus. Elles ont l'air fort, elles ne sont que résistantes. Elles exercent leur esthétisme en regardant les autres s'effondrer.

– On dit qu'elle pleure tous les jours, raconte Eugénie, toujours plus hiératique.

– Qui te l'a dit ? s'enquiert Tina.

– Cette vieille commère d'Elsa Maxwell.

– Pas encore morte ?

– Non, je l'ai croisée à l'enterrement d'Arturo López Willshaw. N'est-ce pas un peu tôt pour le champagne, chérie ?

En y regardant de plus près, on s'aperçoit que les filles de Stávros Livanos ont vieilli. Des petites rides le long de la bouche, comme une amertume que l'on fait mine d'ignorer. Mais elles s'accordent parfaitement au décor, une mise en scène éphémère qui sied à leur personnalité. L'eau est turquoise, le sable fin, elles sont allongées sur des draps de bain multicolores imaginés par le génial Pucci, deux ou trois soubrettes s'agitent à l'ombre avec huiles solaires, chapeaux, champagne, sandwiches et cigarettes. Comment tromper l'ennui ? En se délectant de la décadence des esprits libres.

– Revenons à la salope qui s'époumone, lance Tina en se tournant sur le ventre.

Sa peau est veloutée, mordorée à souhait, mais personne pour croquer ses cuisses. Sunny est à la chasse à la grouse en Écosse.

– Onassis en a marre, tu le récupères quand tu veux.

– Jamais de la vie ! Je veux le voir anéanti. Mais le récupérer, ah non alors ! Pour en faire quoi ? L'amour n'existe pas.

– Si, pour Niárchos et moi.

– Ouvre les yeux, idiote !

– Ils sont grands ouverts, affirme Eugénie en tendant sa coupe vide à la servante.

– Tu es aveugle, ma pauvre fille ! Regarde au-delà de l'Atlantique, et ose me dire que tu n'aperçois pas une jeune Américaine, une ravissante héritière, blonde comme les blés ? Une certaine Charlotte Ford...

– Tu dis n'importe quoi ! Reprends du champagne.

– Merci chérie, je pars à Capri chez Mona Bismarck.

– Et tes enfants ?

– Le canari joue les baby-sitters.

L'atmosphère devient soudain irrespirable, Eugénie et Tina remontent vers la maison en vacillant, le sable certainement.

Maria Callas a des problèmes dans les aigus. À partir du *si* bémol, elle ne contrôle plus son vibrato. Depuis qu'elle aime Onassis, elle n'a pas regardé un piano, ni ouvert une partition. Quand elle ose encore se produire, les critiques la poursuivent : « Oui, le jeu de la Callas est toujours sublime, mais du point de vue vocal, la diva n'est plus que l'ombre d'elle-même », titre le *New York Times*. Son sublime trait d'eye-liner n'est qu'une imitation ratée de celui d'Audrey Hepburn dans *Vacances romaines*. Incapable de chanter un opéra dans son intégralité, elle essaie de se convertir au cinéma. Zeffirelli lui propose de réaliser une *Tosca* à condition qu'Onassis produise le film. Il ne le fait pas. Maria tombe enceinte. Onassis déteste les grosses. Elle va faire un enfant plus vite que personne et organise son accouchement avant terme, pour ne pas risquer de perdre son amant. C'est le bébé qu'elle perd ! Au moins, elle mincit rapidement. Onassis ne le remarque même pas. Il l'empêche de porter des lunettes car cela l'enlaidit, elle ne voit pas tripette et se prend les portes dans le nez. Elle voudrait raser les murs, elle le ferait s'il le lui demandait. Tout pour qu'il fasse attention à elle. Mais il se contente de lui jeter des remarques déplacées. Elle prend tout. La Callas est avide d'Onassis. Les enfants la rejettent. Alexandre ne s'intéresse qu'aux moteurs. Son père lui offre pour ses quatorze ans une voiture électrique qui roule à trente-cinq à l'heure. Il fonce avec délectation sur les sentiers de Skorpios, et prend cette pauvre Maria pour cible. Et Christina ? La gamine un peu gauche, au long nez et aux yeux cachés derrière d'énormes loupes, se bourre de sucreries. Elle est pleine de boutons.

Maria sombre. Elle a des bleus sur le visage. Il suffit d'un peu de fond de teint, il ne restera qu'une ombre. Elle sent une présence. Il est là derrière elle, arrache son déshabillé de soie, l'entraîne sur la terrasse et la prend violemment. Elle tombe. La terre de Corfou, les pierres de Skorpios, elle ne fait plus qu'une avec elles, son dos se pare de mille blessures. Elle aime cette sauvagerie, Onassis le sait, ça l'excite. Elle a besoin de souffrir, c'est une tragédienne. Elle s'est inventé une enfance martyre, joue les pleureuses, pire qu'Andromaque devant la dépouille d'Hector.

— On a beau dire, le sexe, il n'y a que ça de vrai, lance Onassis en remontant son pantalon.

Le lendemain, un étui Van Cleef est posé sur son oreiller. Un magnifique bracelet en onyx, jade et corail. Onassis erre dans les bars louches du continent. Sa taverne préférée est le Neraïda à Paléo Fáliro, un faubourg du bord de mer à vingt kilomètres d'Athènes. La chemise ouverte jusqu'au nombril, perché sur un tabouret, il trinque avec son copain Georgakis, fracasse la vaisselle contre les murs et raconte sa jeunesse et les bordels d'Izmir. La musique traditionnelle résonne, Onassis va danser toute la nuit avec les filles de joie. Il a créé une légende, il a eu les plus belles femmes, ses pétroliers sont les plus gros et ses exploits les plus scandaleux ! Il est l'homme de l'outrance. Celui qui refuse la seconde place, la médiocrité, la modération. Il passe du rire aux larmes, de la douceur à la rage, il peut être généreux ou assassin. Des ennemis, il n'a que ça et il s'en moque.

Le 14 mai 1962, Maria Callas chante *Carmen* au Madison Square Garden pour les quarante-cinq ans du président Kennedy. Sa prestation est totalement éclipsée par Marilyn Monroe, arrivée avec deux heures de retard. Lascive et titubante, auréolée de lumière, les cheveux platine vaporeux. Son étole de fourrure glisse au sol, elle est à moitié nue. Sa robe lui colle à la peau, des perles scintillantes courent sur ses hanches, sa poitrine tendue vers le micro, elle lance dans un souffle un orgasmique : « *Happy Birthday Mr President.* » Devant un millier de personnes, elle s'offre, elle fait l'amour au président des États-Unis. Le public est abasourdi. Onassis ne regarde pas Marilyn, c'est bien l'un des seuls. Onassis n'a d'yeux que pour une brune. Dangereuse. Les hommes se battent déjà pour elle et ils vont tous en crever. Au bout du compte personne ne gagnera, même pas elle, mais Onassis ne le sait pas encore, Jackie est la plus grande des garces. Sa sœur, Lee Radziwill, a la main plaquée sur la cuisse d'Onassis en ce moment même.

C'est un écrin de cuir rouge vif bordé d'un liseré doré. Cartier. Non, la Callas ne fouille pas dans les affaires d'Onassis, elle cherche juste à se rassurer. Parfois elle a froid, elle est terrifiée. Pourtant, le soleil brûle comme jamais en mai 1963 à Skorpios. La lumière se reflète sur le marbre de la terrasse, il fait une chaleur étouffante. Maria cherche l'ombre dans la chambre de son amant. Les persiennes sont baissées. Elle hume son parfum ambré un peu fort et se pare de souvenirs passés. La Callas se raconte des histoires qui se terminent bien, quelle nouille ! Il y a une enveloppe à côté de l'écrin. Sentimentale, elle commence par lire le mot. N'importe qui aurait d'abord ouvert la boîte vermillon. « À mon plus tendre amour. » Cette écriture longue et torturée qu'elle chérit tant. La Callas soupire de plaisir. Et cet étui, que renferme-t-il ? Oh, une ligne de brillants ! Des diamants carrés en sertissure. Une cinquantaine à vue de nez. La monture est en platine. C'est d'une légèreté, une évanescence joaillière, la Callas est stupéfaite, elle est habituée à des bijoux plus lourds. Elle est émue, c'est un merveilleux cadeau.

Quelques jours plus tard, on dîne à Corfou avec les Radziwill, les nouveaux meilleurs amis d'Onassis. « Ils couchent avec tout ce qui bouge », raconte Elsa Maxwell à qui veut l'entendre. *Swinging sixties*, quand vous nous tenez ! Radziwill est un prince d'origine polonaise, éminemment chic, noceur invétéré, snob comme un pot de chambre. Sa famille a essaimé partout en Europe, égarant ici et là quelques bâtards, brisant les cœurs de jeunes filles en fleurs. Les Radziwill ont toujours eu du mal à se stabiliser. Dommage pour des princes du Saint-Empire romain. Dernièrement, Stas Radziwill a jeté son dévolu sur cette tête de linotte de Charlotte Ford. Ravissante, jeune, blonde évaporée, bronzée à souhait, recherchée par la société et riche. Très riche. Une héritière, donc ce qu'il y a de mieux pour un prince fauché. Marié. Et alors ? Marié à Lee, fine, aérienne, presque céleste, tellement *upper-class*. Elle possède le minois d'un chat, d'immenses yeux qui ne se fixent sur rien. Elle se vante d'être spirituelle, l'est parfois. Fantasque, futile, Lee est la quintessence de la jeune fille de la côte Est, et porte le tailleur Givenchy comme personne. Onassis s'intéresse à elle, car c'est la petite sœur de Jackie. Les Kennedy manquent à sa collection. Ils seraient du plus bel effet aux côtés de Churchill, Liz Taylor, Cary Grant, Greta Garbo, Dietrich… Et puis, Onassis a une énorme bourde à rattraper. Quand John n'était que sénateur, il est venu boire un verre sur le *Christina O.* avec son épouse. Churchill, déjà dans les choux, l'a pris pour un serveur. Onassis n'a rien fait pour arranger les choses, Lee est la belle-sœur du type à qui il n'a pas demandé de rester dîner.

Le poignet gauche de Lee Radziwill est cerclé par une ligne de diamants. Elle l'exhibe comme un trophée. Son mari s'en moque. La Callas défaille. Elle se précipite dans les lavabos pour se repoudrer, mais les fards ne masquent aucune blessure. Bientôt, la presse s'en mêle. «L'ambitieux homme d'affaires grec sera-t-il le beau-frère du président?» titre le *Washington Post*. Stas Radziwill a de gros ennuis avec le fisc. On l'accuse de malversations, une gestion malencontreuse des fonds de la Croix-Rouge. Tout aurait disparu. Ces organismes charitables quémandent auprès de généreux mécènes, puis sont incapables de remercier. Onassis arrange le coup. Il le nomme même à la tête d'Olympic Airways, sa compagnie d'aviation. Autant dire que la romance avec Lee, Stas Radziwill n'en a cure. On est dans les années soixante, les puritains, le *Mayflower,* tout ça est terriblement démodé!

Plusieurs journaux à scandale publient une nouvelle photo d'Onassis, les bras autour du cou de Lee dans une boîte d'Athènes. Et la révolution éclate chez les Livanos, déjà marqués par le décès subit du patriarche. À Chios, à la villa Bella Vista, Tina et Eugénie entourent leur mère dévastée. Comme toute bonne Grecque, Arietta pleure ses morts avec la dévotion la plus tragique. Le vieux Stávros a succombé à une crise cardiaque à Lausanne. Sans signe avantcoureur. Si ce n'est un léger frémissement dès que l'on évoquait l'ascension fulgurante de ses gendres. Il n'avait que soixante-douze ans, il était au sommet de sa puissance, il avait l'âme d'un bon père de famille, avare et sec.

La villa Bella Vista se dresse au cœur de la plaine du Campos, à quelques kilomètres de la capitale de Chios. La propriété est défendue par de hautes grilles en fer rouillé.

La demeure est de bonnes proportions avec des tourelles abîmées et des girouettes qui grincent. Elle est protégée par un jardin luxuriant, des orangers, des arbres de Judée en fleur, et des cyprès. Livanos aimait vivre à l'abri des regards. Pas d'étalage, pas de scandale. Aujourd'hui, la chaleur est écrasante, on peut sentir les plantations de citronniers depuis la terrasse. Les sœurs Livanos, sans leurs époux, peuvent en dire du mal. Eugénie, trop maigre, a le visage marqué. Ses boucles brunes sont ternes, elle ne porte même plus ses bijoux. Tina songe qu'avec tout son argent, Eugénie aurait pu se faire refaire le nez. Il est long, en accord avec son menton, c'est vrai. Dans le temps, on la disait volontaire. Tina la sent sèche, vidée. Le téléphone sonne. Une soubrette arrive avec l'appareil sur un plateau.

– Un certain Mr Pearson du *Washington Post*, Madame.

Tina attrape le téléphone, tire sur le fil, l'arrache et balance l'appareil loin devant elle. Il tombe dans le bassin des poissons rouges. Quand elles étaient petites, les filles adoraient les nourrir, ils se précipitaient. Aujourd'hui, les poissons dessinent d'étranges cercles autour du combiné qui flotte à la surface…

– Donc, tu as lu la presse, chérie, constate Eugénie.

– Oui j'ai lu la presse, Eugénie. Je sais qu'Ari a jeté son dévolu sur une maigrichonne, répond Tina en avalant un verre d'ouzo.

Elle étend ses jambes fines et dorées, laisse partir sa tête en arrière.

– Cela t'ennuie, je le vois, ma chérie.

– Ce qui m'agace, c'est que tu me le fasses remarquer, rétorque Tina, piquée au vif.

– Pense au canari fardé, elle doit être folle, poursuit Eugénie.

– C'est ma seule joie ! J'ai l'impression d'être hors du coup. J'ai besoin...

– Du devant de la scène, je sais. Suicide-toi par amour et on parlera de toi.

– Et toi, ta vie te comble ? Dis-moi, ton mari n'est jamais là, tout tourne autour de tes enfants.

– Nous sommes grecques, le bonheur n'est pas pour nous...

– Laisse tomber les clichés éculés, ma pauvre Eugénie.

Tina a des rides autour de la bouche. Elle a oublié d'aimer depuis cet homme dont la presse se régale des hauts faits. Il la fascine. Elle sait qu'il n'agit que par rapport à elle, il la provoque par journalistes interposés. Elle était sa chose, elle est partie. Avait-elle vraiment le choix ?

– Elle est terriblement tape-à-l'œil, commente Eugénie en tournant la page d'un magazine français.

– C'est son côté américain, commente froidement Tina.

– On lui pardonne.

– Non.

– C'est une *beautiful people*, continue Eugénie.

– Elle l'amuse, il va la fracasser, elle ne le sait pas encore.

– Et Jackie, tu en penses quoi ?

– Pas de seins.

– Lee est plus jolie, plus spectaculaire et toujours bronzée.

Eugénie referme le magazine.

– Jackie a besoin d'une pointure, d'un mâle dominant pour oublier les infidélités de son mari.

Eugénie fixe sa sœur un instant.
– Tu ne veux pas dire que...
– Si.
– Non, il n'osera pas, et puis elle est mariée.
– Tu sais bien qu'il ose tout. Donne-moi une cigarette.
– Mais elle est présidente.
– On en reparlera.

On en reparlera certes, dans quelques années ou quelques mois. Arietta Livanos s'enferme pour une saison à Chios, le deuil, c'est tout un art. Ses filles rejoignent Niárchos. Le *Créole* a le vent en poupe. La nuit dans la pénombre, on ne voit rien malgré les lanternes. Les sœurs Livanos rient plus fort que tout le monde. Elles boivent et fument comme des troupiers. Elles se trémoussent au son de la musique pop. Sont-elles malheureuses ? Non. Croient-elles en quelque chose ? Non. Ont-elles besoin de quoi que ce soit ? Non. On est séduit par leur intelligence, leur intense vie mondaine, leur très haute opinion d'elles-mêmes. Eugénie se noie dans les lieux communs, et Tina dans la perfidie. On les plaint pour leur père, elles en oublient leur mère et son chagrin. Elles sont tout à leur splendeur, occupées à rehausser leurs charmes. Elles dansent sur un volcan mal éteint. Il n'y a pas que la Callas qui ait besoin de fards, la poudre ne masque ni le passage du temps ni le chagrin, et encore moins ce terrible ennui. Tout se craquelle. Comment combattre l'inconcevable ? Tina et Eugénie sont dépassées.

Au Claridge où elle doit retrouver sa fille, Janet Bouvier fait les cent pas dans le lobby. On lui apprend alors que Lee est dans la suite royale. Étonnée, Janet se précipite, frappe, il est midi tout de même. C'est Onassis qui ouvre, en robe de chambre. Janet Bouvier manque de s'étrangler.

– Je voudrais voir ma fille, monsieur, lance-t-elle, l'air pincé.

– Et qui donc est votre fille, si je puis me permettre ? demande Ari avec désinvolture.

– Mais enfin, la princesse Radziwill !

– En ce cas, vous l'avez manquée de peu, Madame.

Et il lui claque la porte au nez dans un grand éclat de rire.

Lee Radziwill aime la presse à scandale et s'attelle à son avenir. Elle est persuadée qu'Onassis va la demander en mariage. Cela ne fait pas un pli. Elle sera la prochaine madame Onassis, *exit* la Callas. Les Kennedy sont furieux. Il ne peut y avoir de divorce dans la famille, surtout si près des élections ! Nous sommes en juillet 1963. On prépare la campagne du second mandat. « *Ich bin ein Berliner* », c'était formidable, il ne faudrait pas tout gâcher pour une histoire de fesses. Cet automne, John Kennedy va entamer une tournée pour gagner des électeurs, il ira jusqu'au Texas. Et cela déplaît fortement à Jackie, dont l'accouchement est prévu pour fin août. Elle couve à Hyannis Port pendant que Lee papillonne. Le rôle de Première dame comprend bien des corvées. Jackie envie Lee et son rire cristallin. Lee gigote dans les boîtes de nuit, Jackie doit supporter Malraux et ses tics épouvantables. Elle en a assez. Elle a joué son rôle pendant la campagne électorale. Elle s'est même fendue d'un sourire pour Sinatra. Il avait organisé le gala la veille de l'investiture. Elle a accepté de lui donner le bras, elle rayonnante dans une robe d'organza blanc, lui dégoulinant d'orgueil. Et tout ça pour quoi ? Pour un type à la libido d'ado. Entre deux discours, entre deux mandats, John Kennedy ne pense qu'à s'envoyer en l'air. Il aime les parties fines sado-maso. Sinatra le fournit en filles, son lit est une véritable plaque tournante. En attendant, la Maison Blanche ne sait plus où donner de la tête, Onassis sent le soufre, le coup fourré et la magouille. En pleine période électorale, on a vu mieux comme fréquentation.

– L'automne dernier, c'était Castro et la crise des missiles. Cet été, c'est Onassis et la crise des mariages, ronchonne Bobby.

Un vrai roquet, le frérot. Complexé par sa petite taille, il ose donner des leçons à Onassis que cela amuse.

– Écoutez Bobby, continuez à baiser Marilyn, votre reine de l'écran, avec votre frère, et laissez-moi sauter ma princesse !

– Vous n'êtes qu'une merde de Smyrne montée en graine, s'étouffe Bobby.

– L'insulte n'est pas nouvelle, j'en ai l'habitude, lance le Grec en éclatant de rire.

Sauter, mais pas épouser. Lee commet des erreurs, va trop vite, ne sait pas qu'Onassis ment comme un arracheur de dents. Lee Radziwill n'est intéressante que parce qu'elle a une sœur. Lee et Jackie Bouvier sont les filles d'un agent de change, surnommé Black Jack, qui n'aime que le jeu, les femmes et l'alcool. Le Krach boursier lui est fatal. Il ne s'est jamais beaucoup occupé de ses filles, n'allant aux réunions de parents d'élèves que pour draguer les mamans. De faux airs de Clark Gable, toujours impeccablement bronzé. Décadent, libertin, un pirate qui navigue en eaux troubles et a écumé tous les bordels de Caroline du Sud. Incapable d'emmener Jackie à l'autel le jour de son mariage tant il était ivre.

Jackie est née en 1929, comme Tina. Sa jumelle en négatif. Tous les oppose. Brune, les yeux noirs, un peu trop écartés, on n'a jamais pu dire qu'elle était belle, pourtant elle est superbe. Elle a cette étrangeté que les autres n'ont pas. Jackie Kennedy ne ressemble à personne. Surtout pas à sa sœur Lee aux traits réguliers, au nez fin, aux beaux yeux, à la silhouette plus élancée. Lee a tout de plus que Jackie, et pourtant on ne voit que Jackie. Elle a une idée assez précise de la haute société américaine. Les Américaines sont divisées en deux catégories, celles qui sont heureuses en ménage et les décoratrices. Avec sa voix de petite fille essoufflée, elle est d'une grande habileté. Elle n'a pas son pareil pour manier un homme. Elle peut tout obtenir à condition d'adopter la bonne attitude à son égard. Et Jackie Kennedy sait toujours quelle est la bonne attitude. Elle est complexe, détachée, magnétique, sophistiquée, cultivée. Son élégance est un art de vivre. La beauté et l'art ne sont pas des accessoires, mais des éléments indispensables, essentiels de la vie. Elle est adulée par les médias, c'est une véritable légende.

Elle a fait payer ses infidélités à John en flirtant ouvertement avec Agnelli. C'est Lee qui le lui a présenté. La frivolité tient une place prépondérante chez les sœurs Bouvier. Capri, ce n'est pas bien grand, et quand Jackie Kennedy se balade avec Agnelli, cela se sait forcément.

– Un peu moins d'Agnelli, un peu plus de Caroline, ordonne John à sa femme pour qu'elle rentre auprès de sa fille.

– Un peu moins de Marilyn, un peu moins de Jayne Mansfield, un peu moins de je ne sais qui, répond Jackie, qui demeure à Capri.

– Si à chaque fois que tu veux manger une glace, le FBI s'en mêle, ce ne sont vraiment pas des vacances, soupire Lee.

Agnelli est ravi, on parle de lui à nouveau. Du temps de Pamela Churchill, tous les regards convergeaient vers lui. L'embourgeoisement, ça va cinq minutes, et Jackie est intrigante à souhait. Les échotiers s'en donnent à cœur joie. John Kennedy n'en peut plus. Cette garce de Lee a une influence déplorable sur sa sœur, elle est d'une désinvolture épouvantable. Kennedy le sait bien, il a couché avec elle juste après avoir épousé Jackie. Jackie qui traverse une mauvaise passe. Le 7 août 1963, elle a donné naissance à un enfant mort-né, le petit Patrick, avec trois semaines d'avance. Avachie sur son lit d'hôpital, elle n'assiste pas à l'enterrement, elle ne voit pas le petit cercueil blanc. Meurtrie par la douleur et les infidélités de son époux, elle rend la presse et la politique responsables de la mort de son bébé et sombre dans la dépression. Et c'est là que Lee a l'idée qui va changer le cours de notre histoire. C'est là que la tragédie se met en place. Certes, on avait quelques bonnes cartes, mais Lee les redistribue avec un talent rare.

– Viens avec moi, chérie. Viens sur le *Christina O.* Tu seras protégée. Personne n'ira te poursuivre jusque-là. Tu as besoin de calme, de sérénité, de rencontrer des gens différents.

Lee n'est pas maligne. Elle ne se rend pas compte qu'elle va droit à sa perte. Elle songe qu'elle fait d'une pierre deux coups, elle épate sa sœur et oblige son amant sans imaginer une autre possibilité. Onassis, si ! Bobby Kennedy est à deux doigts de l'apoplexie. Onassis se souvient qu'en 1954, Bobby, alors assistant du sénateur McCarthy, avait lancé la procédure qui l'avait conduit en prison. Pour un peu, il appellerait Tina pour la voir verdir de jalousie. Non, la presse se chargera de l'avertir. Quant à Kennedy, il est ivre de rage. Sa cote de popularité est en chute libre, il baisse dans tous les sondages. Il fera tout pour faire obstacle à ce projet, il téléphone même à Onassis.

– Si vous renoncez à cette croisière, on ne s'opposera pas à votre mariage avec ma belle-sœur.

– Monsieur le Président, croyez-vous vraiment que je souhaite me marier ? demande le Grec en éclatant de rire.

– Le dossier du FBI sur vous compte quatre mille neuf cent trente-six pages.

– Je vous fais confiance, vous arriverez bientôt à dix mille !

– Onassis a des relations troubles avec la Chine, Castro, Nasser, le Pérou, Papa Doc, souffle Bobby.

– Papa Doc ! Grands dieux !

Mais Jackie accepte.

– Tu vas adorer ce cher Ari, glousse Lee. Et puis le navire ! Il y a une masseuse, des tonnes de caviar, un orchestre.

– Il y aura la Callas ? demande Jackie.

– C'est un pirate international, je te l'interdis, tonne le Président des États-Unis.

– C'est ça ou je n'irai pas à Dallas, rétorque Jackie.

– Les fleurs sont renouvelées tous les jours alors que le navire vogue en pleine mer, poursuit Lee.

– Que prend-on, Monsieur, comme mesures de sécurité pour la première dame ? demande le chef de la Sécurité.

– Rien. On aura fait couler ce putain de yacht avant qu'elle ne mette les pieds dessus !

Les services secrets sont requis. Nom de code : Dentelle. L'un des sous-secrétaires d'État joue les chaperons. Sur le bateau, le prince et la princesse Radziwill, la princesse Irène Galitzine, Artémis Garoufalides, la sœur d'Aristote, Franklin Roosevelt junior et son épouse Suzana, Maria Callas et madame Jackie Kennedy. Bobby demande à Jackie de faire taire Lee, qui raconte partout qu'Onassis va l'épouser. Mais Jackie et Lee sont aussi solidaires que Tina et Eugénie. Elles s'adorent et se haïssent. Jackie encourage

Lee à continuer. Il faut dire que Janet Bouvier a élevé ses filles selon ce principe ultime : « Épousez le fric. » Jackie et Lee le respectent à la lettre. Chez les riches, il y en a de plus ou moins riches.

– Onassis est l'homme le plus riche du monde, affirme Lee en embarquant.

– Kennedy est l'homme le plus important du monde, répond sa sœur derrière ses lunettes noires.

– Il n'y a pas que toi pour lever un type important, Jackie. Tu verras, Onassis va m'épouser.

– Ma chère Jackie, je m'efface si vous le souhaitez et vous laisse le bateau, propose Onassis en accueillant la Première dame.

– Certainement pas. Pourquoi feriez-vous une chose pareille ?

– Votre époux…

– J'ai son aval, j'ai promis de l'accompagner en novembre à Dallas. Je suis ravie de passer ces prochaines semaines en votre compagnie.

– Vous faites dans le donnant-donnant ?

– Toujours.

Dans la suite Ithaque, Jackie se sent en sécurité. Un cocon se referme sur elle. Elle est heureuse, cela ne lui est pas arrivé depuis longtemps. Que vouloir de plus ? Rendre sa sœur jalouse ? Faire payer à John ses infidélités ? Lee est maniérée, elle danse pieds nus, boit trop, se déhanche comme une catin. Quand elle se baigne, c'est toute nue, persuadée qu'Onassis ne la quitte pas des yeux. Mais il ne regarde que Jackie. La Callas ordonne à Onassis de virer les sœurs Bouvier. Il refuse. C'est Maria qui est débarquée dans les Cyclades.

– Enfin le champ est libre ! lance Lee.

– Tu ne crois pas si bien dire, répond Jackie en s'allongeant dans un transat.

Jackie n'agit jamais au hasard. Chez elle, tout est toujours prémédité. Elle joue les boudeuses, ce qui excite Onassis. Mal à l'aise, les invités les laissent seuls. Jackie et Ari forment un couple étrange. En lui, elle retrouve un père. Ce teint foncé, cette force, ce pouvoir de décider pour les autres, c'est un corsaire prêt à tout, il a de l'argent. Et Jackie aime l'argent plus que tout. Des photos d'elle en bikini paraissent dans la presse, Kennedy enrage. Il ne peut téléphoner, il y a des problèmes techniques. Onassis sait aussi orchestrer les problèmes techniques. Lee joue les maîtresses de maison, Maria pleure à Paris, et Tina, sous les frimas anglais, se précipite sur son téléphone.

– Il va épouser cette salope, je le sens.

– Mais non, tu es folle, répond Eugénie.

– La Callas est virée, Lee bientôt mariée, chuchote Elsa Maxwell au seuil de la mort.

Chaque jour, huit variétés de caviars sont présentées aux illustres invités, ainsi que les vins les plus fins, et les fruits les plus exotiques. Cela tourne au désastre pour Lee. Elle n'existe pas. Elle se rend compte que la situation lui échappe, mais ne sait comment y remédier. Onassis la fuit, refuse de se trouver seul avec elle. Vers qui se tourner ? Elle ne peut parler avec sa sœur. Jackie l'enfonce chaque seconde davantage. Même Radziwill se permet de se moquer d'elle.

– Tu te fais supplanter ma vieille, tu t'es toujours fait avoir par ta sœur.

– Idiot, elle est mariée au président des États-Unis.

Argument imparable. Qui pourrait soupçonner qu'il ne l'est que pour quelques semaines encore ? La presse est aux aguets. Onassis est discret, respectueux. Il ne veut pas embarrasser Jackie, c'est comme cela qu'il la gagne à lui. Onassis prend Jackie par la main, lui fait découvrir Ithaque. Il lui raconte le retour d'Ulysse au bout de vingt années, les prétendants qui se pressent autour de Pénélope. Ulysse est un mendiant, sa peau est flétrie, ses cheveux clairsemés, Athéna s'est chargée de le réduire à néant. Pénélope le provoque, lui ordonne de prouver sa force, s'il est bien celui qu'il prétend, il saura porter le lit nuptial. Ulysse éclate de rire. Le lit a été construit dans le tronc d'un noyer ancré dans le sol, on ne peut le déplacer. Pénélope tombe dans les bras de son mari. *Happy end,* dirait-on à Hollywood.

À la fin du voyage, en guise d'au revoir, Onassis offre un étui Van Cleef aux sœurs Bouvier. Jackie reçoit un tour de cou en rubis et diamants qui vaut une véritable fortune. Lee a droit à trois bracelets ridicules, des babioles que même la jeune Christina refuserait de porter. Le 17 octobre 1963, Jackie débarque à Athènes avec des étoiles dans les yeux. Prochaine étape : Dallas !

22 novembre 1963. Bronzée, rayonnante dans son tailleur rose, Jackie agite la main dans la limousine noire décapotable, elle veut être vue, elle a retiré ses lunettes de soleil. À midi trente exactement, trois coups de feu retentissent et c'est l'Amérique qui vole en éclats. En éclats de cervelle sur un tailleur Chanel.

Jackie Kennedy porte le deuil d'une nation entière. Et le deuil lui va diablement bien. Elle se fige dans la douleur. Elle perçoit les dimensions épiques de son destin. Elle ne sait pas encore que l'épopée finit par lasser. Derrière elle, des centaines de monarques, de chefs d'État, représentants, ministres, diplomates. Devant elle, le cercueil de son époux posé sur l'affut d'un canon et tiré par six chevaux blancs. Un pur-sang jais ouvre le cortège. Pas de cavalier, et dans les étriers, des bottes tournées vers l'arrière, qui symbolisent la mort du héros. Quel sens de la dramaturgie ! Ajoutons à cela le son de la cornemuse irlandaise qui accompagne JFK au cimetière militaire d'Arlington et la flamme qui brûlera éternellement sur sa tombe… C'est un peu exagéré, songe Onassis, invité à titre personnel et amical. À la Maison Blanche, il croise Bobby, littéralement horrifié.

Ali Khan fracasse sa Lancia contre une Simca Aronde dans le Bois de Boulogne. Il était attendu pour dîner chez Lorraine Bonnet. Tina enrage. Elle a compris ce que personne ne veut voir : Onassis a besoin de temps. Jackie est épuisée. Elle a des problèmes. D'ordre sentimental avec Bobby. D'ordre financier avec le contribuable. Elle est habituée à dépenser, le veau d'or est pour elle, et les factures s'entassent.

— J'en ai assez des remontrances de Rose Kennedy ! hurle Jackie. Je veux la paix, juste la paix…

— S'il pouvait, Ari épouserait la reine d'Angleterre, explique Tina à Eugénie.

171

– Tu ne penses qu'à toi, tu ne parles que de toi, rétorque Eugénie. Mon mari, Tina, il s'est entiché de...

– Charlotte Ford, mais enfin Eugénie, tout le monde est au courant.

Ces Kennedy ont vraiment le mauvais œil. Il semblerait que les Livanos aussi. Ça swingue à Washington. En Grèce, le Meltem se lève, c'est drôle, on va le ressentir jusqu'à Mexico.

Moi, Eugénie Livanos,
le 16 décembre 1965 à Ciudad Juárez

Ne croyez pas que je passe ma vie à tourner les pages des magazines. C'est faux. Je m'intéresse à des millions de choses. À mes enfants, ma sœur, mes amis, au monde ! Mais quand je touche le fond, j'ai besoin de me perdre dans l'accessoire, me noyer dans la futilité... Laissez-moi retrouver mes esprits. Je suis dans un pays étranger, un hôtel luxueux mais tellement impersonnel. Très protégé, l'endroit est dangereux, paraît-il. Des vitres blindées, des grilles élevées tout autour du parc, et des gardes, la mitraillette en bandoulière. Nous sommes dans la cité du crime organisé. Là où les cartels se créent. Nous sommes des cibles. Que faisons-nous ici ? Quelle mouche nous a piqués ? Mon mari va me rejoindre. Mon mari va se marier. Demain. Aujourd'hui, nous divorçons. À Ciudad Juárez, en plein désert de Chihuahua au nord du Mexique, sur la rive droite du Rio Bravo. De l'autre côté, c'est El Paso, c'est le Texas. J'ai l'impression d'être dans un western. Sauf qu'il n'y a pas d'Indiens, ni de cow-boys, et qu'il fait un froid de gueux. Je suis morte avant même d'avoir combattu. Charlotte arrive demain, et demain je serai partie. C'est entre lui et moi. Ciudad Juárez en décembre vaut la Sibérie. Moins cinq degrés Celsius, précise le concierge. « Nous sommes en altitude, señora, *c'est normal.* » *Un mariage dans ces conditions extrêmes est fortement déconseillé, j'en connais l'augure, je me souviens des noces de Tina...*

Forbes, Elle, Cosmopolitan, *je tourne les pages des magazines. Je vois encore cette vieille Américaine qui ne se nourrissait plus que de Coca-Cola à la paille et découpait les photos de son ancienne gloire. Elle collait dans des* scrapbooks *les portraits de ses vingt ans. Elle pleurait tant que ses larmes effaçaient son visage de papier, elle s'énervait, qui se rappellerait d'elle ? La mémoire est une mauvaise fée, elle joue de sacrés tours. Onassis, Jackie Kennedy, Maria Callas, Niárchos, Charlotte Ford, Churchill, Tina... Ils sont tous là, figés pour l'éternité. Les journalistes réinventent une histoire qui n'a jamais existé. Nos vies se sont évanouies dans un mélange de papier glacé et d'encre noire. Tiens, un* Vogue *daté de novembre 1947. Cette jeune femme hallucinée, c'est moi. Et là, l'homme suprême, l'œil fixe, le pli cruel de sa bouche, la personnalité écrasante, c'est mon mari. Je suis Eugénie Niárchos pour quelques heures encore. Demain, il y aura une nouvelle Mrs Niárchos, elle arrive dans l'avion privé de son père. Ne croyez pas que je sois en colère, ou triste, je suis très heureuse, rayonnante, occupée, vraiment prise. Mes quatre enfants font ma joie, nous sommes si proches. Maria ne sourit pas beaucoup, c'est vrai, c'est l'aînée. C'est l'adolescence. Je sais combien il est difficile d'ouvrir la voie. Philippe et Spyros sont inséparables, turbulents. Konstantin, c'est mon bébé, il cherche à attirer l'attention d'un père trop souvent absent. Je dois leur apprendre la vérité. Mon Dieu, je n'en ai pas eu le courage, j'ai honte ! Je vais rentrer à Saint-Moritz, Tina a promis de me rejoindre, on parlera ensemble aux enfants. À deux, ce sera plus facile.*

Janvier 1965, il n'y a guère qu'au Mexique que l'on trouve encore de vieux numéros de Life. *La mort de Churchill. Stáv en a été très affecté. Nous sommes allés au service religieux à la cathédrale Saint-Paul. Il faisait un froid glacial. Tout un peuple et son chagrin nous ont été jetés à la figure. Deux rangs devant nous, Onassis sanglotait comme un gosse, se mouchant toutes les cinq minutes. Quelle vulgarité ! Tina, écarlate, était placée avec la famille du défunt, son époux, le marquis de Blandford, petit-cousin de Churchill. Onassis est une véritable catastrophe en société, et dire que ma petite sœur en est toujours amoureuse. Quelle idiote !*

Mama se cloître à Chios depuis la mort de Papa. Se consacrer à un seul homme, c'est essentiel, c'est toute la vie qui s'emballe. Moi, je l'ai su immédiatement. Quand nous nous sommes rencontrés, Stáv m'a emportée. On le surnommait le Greek Gatsby, *c'était Zeus ! La finesse de son visage, l'acuité de son regard, sa façon de se déplacer presque sans bouger, son chic et ses mots doux. Personne ne m'avait dit que j'étais éclatante et gaie. Personne n'avait évoqué la possibilité d'une île, l'embarquement pour Cythère. J'avais tellement peur du naufrage, lui n'a jamais eu peur de rien. Sauf de m'annoncer cette vérité trop cruelle.*

C'était dans le salon lambrissé de Spetsopoula, mon antre. Vais-je devoir la quitter ? Je ne sais pas, je ne sais plus rien. Il y a deux semaines à peine, il me fait face. Son beau visage strié de rides, il n'a que cinquante-six ans, il n'a jamais été aussi beau. Il se tient bien droit, ses cheveux plaqués en arrière, sa raie nettement dessinée. Je suis assise avec Konstantin qui m'accapare. Stáv fait signe à la nounou, elle sort avec mon

*petit. Puis il s'appuie sur le secrétaire Louis XVI. C'est le
moment que je redoute. Je sais ce qui va suivre, Tina m'a
prévenue. Charlotte Ford a vingt-quatre ans. J'en ai quatorze
de plus, comment rivaliser avec une nymphe ? Je n'essaierai
même pas, les dés sont pipés.*

   — Dis-moi que tu comprends.

   *— Oui, je comprends. Et je vais moi-même demander le
divorce.*

   *Niárchos est muet d'étonnement. L'aimer, c'est le laisser
partir. Qu'il rejoigne sa muse. Niárchos me reviendra. Il est
le sens de ma vie, mon gouvernail. Il est rayonnant. Magnifique. Je n'ai jamais regardé un autre homme. Il me fascine,
m'emporte et me dévaste. Je l'aime à en crever. Je suis dro-
guée à Stávros Niárchos.*

   *Et je tourne les pages des magazines. Quand il a fait la
couverture de* Time, *Onassis en a été fou de jalousie, Tina
aussi, trop orgueilleuse pour nous féliciter. Tina, ma petite
sœur, ma meilleure ennemie. Comme les déesses Artémis et
Athéna, nous sommes unies contre nos époux volages. Car il
reste mon époux. La religion orthodoxe ne reconnaît pas le
divorce. Je vais avoir bientôt quarante ans et n'ai pour avenir
que des maisons trop luxueuses.* Vogue *titre sur la mort de
Rubirosa. Le matin du 5 juillet, il s'est écrasé avec sa Ferrari
contre un marronnier du bois de Boulogne, il avait dansé
toute la nuit au Jimmy's ! Porfirio Rubirosa, play-boy international, amant de Tina, la* café society *ne s'en remettra
jamais.*

   *Charlotte Ford, l'héritière. Elle était amoureuse de Stas
Radziwill, elle a vite compris qu'il n'avait pas un rond. Il y
a des filles comme ça qui ont tout et veulent plus encore.
Que pèse une marque de voitures contre un mythe ? Nous*

*avons dix-huit ans de mariage et quatre enfants. Qu'a voulu
prouver Niárchos ? Le téléphone enfin, Tina.*

– Señora, *je vous passe l'Angleterre.*

– *Merci.*

*J'allume une cigarette et m'allonge dans le canapé. Dehors
la neige tombe à gros flocons. La piscine a été bâchée, un
épais manteau blanc la recouvre. La voix de ma sœur me
comble. Pétillante, intrigante, elle éclate de rire avant même
d'avoir prononcé un mot. C'est notre meilleure arme, nous
faisons tellement bien semblant.*

– *Chérie, Ciudad Juárez,* gringos y banditos, *es-tu tombée sur la tête ? Ne peux-tu pas divorcer comme tout le
monde à Paris ? Non mais c'est dingue !*

– *Les délais sont plus courts ici. Alors, dis-moi, qu'as-tu
appris ?*

– *Sois rassurée, il ne va pas rester longtemps avec elle.*

*Je suis tout ouïe, je ressens la tension de Tina, son timbre
vibre, elle est excitée, les nouvelles sont certainement mauvaises, Tina adore me faire du mal. J'écrase ma cigarette, en
allume une autre immédiatement. Tina reprend son souffle.*

– *Elle a été élevée dans un couvent, il va la retourner
deux fois comme une crêpe, il en aura vite marre.*

– *Raconte.*

– *Charlotte est la petite-fille de ce bigot d'Henry Ford,
antisémite notoire, grand copain d'Hitler, qui possédait ses
mémoires reliées en maroquin rouge.*

– *Maroquin rouge ?*

– *Très résistant, on les a retrouvées dans le bunker !*

– *Et Charlotte ?*

– *Elle a des manières parfaites, connaît les codes de la
bonne société, a reçu une éducation catholique, ne sait pas*

très bien où elle en est, son père vient d'épouser l'Italienne Cristina Vettore Austin. Elle lui en veut énormément. Souviens-toi, tu as rencontré Charlotte, il y a quatre ou cinq ans. Notre frère l'avait ramenée un soir sur le Créole.

— Oui, c'est vrai. Elle portait une robe horrible bon marché, du synthétique certainement. Stáv a été gentil avec elle, mais elle faisait la gueule, cela en était gênant pour Georgie. Oh chérie, je te quitte, Niárchos vient d'arriver. Je pense que nous allons devoir nous présenter devant le juge.

— Quand rentres-tu ?

— Ce soir.

— Je te retrouve demain à Saint-Moritz. Au fait Eugénie…

— Oui ?

— Ils ont trente-deux ans d'écart, j'ai compté !

Niárchos retire son manteau. Il a l'air sombre pour un futur marié. Ses orbites se sont creusées, ses tempes se sont dégagées. Il a vieilli. On aperçoit son crâne par endroits. Il est terriblement ridé. Il a commandé une voiture, le palais de justice n'est pas loin, mais il fait froid, et la ville est si mal fréquentée. Le trafic de cocaïne fleurit ici. Les gens sont prêts à mourir pour la drogue. Niárchos soupire. Il balance le Financial Times *sur le divan, ses mains longues et fines sont couvertes de fleurs de cimetière.*

Nous divorçons devant le tribunal civil de Ciudad Juárez. Nous divorçons pour incompatibilité d'humeur. Le juge se nomme Baltazar Aguire, il a les ongles sales et baragouine un mauvais anglais. Je signe les papiers et saute dans le premier avion pour la Suisse. Stávros, mon mari pour la vie, attend Charlotte Ford. Ils se marient dans une chambre d'hôtel le lendemain, 17 décembre 1965. La mariée porte au doigt un caillou de quarante carats. On peut en voir la photo agrandie dans Harper's Bazaar. *Elle sourit béatement comme si elle avait vu le Christ ressuscité. C'est Zeus, Charlotte Ford va devoir réviser ses classiques !*

Saint-Moritz. Emmitouflée dans ma fourrure au soleil, sur la terrasse du Corviglia Club, j'ai presque chaud. À côté de moi, Tina a déployé autour de son cou un plateau d'aluminium pour bronzer plus rapidement. Nous avons été protégées toute notre jeunesse. Tina était pétillante, vive, et moi si sage. On m'a qualifiée de ravissante, un rien hautaine, le regard mélancolique. On nous a prédit un avenir extraordinaire, nous étions nées déesses. Aujourd'hui, la bise souffle fort, mes paupières sont lourdes, ma langue est pâteuse. Le vent dessèche mes lèvres et mon cœur est racorni. Je feuillette les pages des magazines, américains, italiens, anglais, français... Encore les Kennedy ! Bobby est en première ligne. Il veut un destin, épouse les revendications civiques des Noirs. Sinatra essaie de s'en mêler, il est dégagé aussitôt, la Mafia n'est pas en odeur de sainteté à Washington. Bobby a besoin de Jackie pour consolider sa position. Incontournable depuis que les voiles du deuil ont fait de cette épouse bafouée une magnifique héroïne. Quant à Niárchos et Charlotte Ford, évidemment tout le monde en parle, mais personne n'y croit. Sauf moi. Charlotte ne boit plus de champagne, mais du lait... Pourquoi ?

*Hélène, Andromaque, Cassandre
et les autres*

Évidemment, les Niárchos passent Noël à Saint-Moritz. Tous les Niárchos. Eugénie, ses quatre enfants magnifiques qui grandissent beaucoup trop vite, Stávros, magistral, conquérant et... Charlotte Ford, la jeune mariée. Eugénie et sa famille sont installées dans leur chalet somptueux avec sa vue spectaculaire sur la vallée de l'Engadine, Niárchos les rejoint pour le petit-déjeuner. Au fond, rien n'a vraiment changé. La vie de famille a repris son quotidien hivernal, on s'est abstenu d'explications déstabilisantes. On ne va pas en rajouter avec la culpabilité. Il est entendu que Charlotte demeure au Palace-Hotel. Elle est fatiguée, nauséeuse et n'a pas très bonne mine. Enceinte ! Le ventre bombé, elle ne skie pas. On fait semblant de ne rien savoir, mais on ne parle que de cela, la nuit tombée, dans les dîners mondains.

Chaque jour, les Niárchos déjeunent au Corviglia Club. Luxe et nature, glamour et authenticité, on a le sens des valeurs ! On s'embrasse, on s'apprécie, on félicite les enfants pour leurs prestations sportives. Philippe et Spyros descendent tout schuss le Piz Corvatsch, n'est-ce pas dangereux ? Eugénie est d'un chic, Tina tellement drôle. Il fait un temps sublime, les deux sœurs ne portent pas de blousons, mais des cols roulés en cachemire et des fuseaux seyants. Tina a caché ses boucles blondes sous un foulard de soie, Eugénie est d'une minceur à faire peur. Rayonnantes, elles ont des émeraudes aux oreilles et des saphirs à chaque doigt. Tina ne rit-elle pas un peu trop fort ? Pourquoi Eugénie ne retire-t-elle pas ses lunettes noires ? On sous-entend... Quoi exactement ? Que Niárchos ne serait pas divorcé puisque orthodoxe. Que Charlotte ne serait pas mariée puisque catholique. Qu'Eugénie serait trop sotte pour virer son époux. Et que la polygamie, mon Dieu, pourquoi n'y a-t-on pas songé plus tôt ? Eugénie soupire. Elle rêve encore du juge Baltasar Aguire et des faubourgs de Ciudad Juárez. Qui l'en blâmerait ? Certainement pas Tina. Qui sera élue *Glamour Girl* de la saison ? Et si c'était Charlotte Ford ? À la terrasse du Corviglia Club, les mauvaises langues se déchaînent. Allongées dans des transats, les sœurs Livanos font face aux *gossips*. Le scintillement de la neige est aveuglant, leurs skis plantés derrière elles, elles affichent une mine triomphante, tirent sur leurs cigarettes effilées et s'accordent en privé quelques inquiétudes existentielles. Elles ne s'écoutent pas vraiment. Tant mieux, elles seraient horrifiées.

– Je suis mariée depuis dix ans et toujours pas duchesse, quelle plaie ! soupire Tina. Ça ne valait pas le coup !

– Tu es mariée depuis quatre ans, chérie.

– J'ai été trompée sur la marchandise. Sunny n'aime que ses poiscailles. Je vais finir par remplir les bassins de piranhas. Et puis, ce brouillard, cette pluie incessante...

– Cette nouvelle épouse à cent mètres du chalet...

– Moi, je voulais juste être appelée Votre Grâce...

– Sunny ne peut pas faire ça ?

– Je suis fatiguée de cette vie, Eugénie, j'ai besoin d'un vrai mec !

– J'ai l'impression d'un vide, d'un abysse, c'est monstrueux.

– Un mec comme le tien, un Grec, un Dieu !

– Maman, pourquoi Papa ne dort pas au chalet ? demande Konstantin.

– Maman, qui est Charlotte ? Les parents de Margherita n'arrêtent pas de parler d'elle, ils se taisent quand j'arrive, questionne Spyros.

Charlotte Ford est en voyage de noces. Elle demeure au Palace-Hotel. Emmitouflée dans une veste en loden, elle cache tout ce que l'on sait. Ses cheveux tirés en arrière et ramenés en une fine queue de cheval, elle est touchante, charmante. Jolie. On comprend Niárchos. Elle se demande ce qu'elle fiche là. Elle devrait être Grèce ou en Italie, elle rêve de Maroc, d'Afrique, des Bahamas. Mais il n'y a que les chanteurs de rock and roll pour filer sous les tropiques à Noël. Charlotte Ford est interdite de ski, on la croise dans les rues piétonnes, les yeux rivés au sol pour ne pas trébucher. C'est l'heure de son chocolat chaud chez Hanselmann. Elle entre dans les boutiques de luxe, en ressort les bras chargés de paquets qu'elle abandonne dans un coin. Son mari passe sa journée sur les pistes avec son ex-femme qui n'en demandait pas tant. Avant de rentrer pour la soirée et la nuit auprès de Charlotte, qui a la nausée. Elle ne savait pas que c'était si inconfortable, les bébés. Spyros et Philippe dévalent la colline de la Cresta en luge, arrivent tout joyeux à Celerina et tombent sur

Charlotte Ford en balade dans un traîneau. Ils éclatent de rire. Elle le prend mal.

Demain, c'est le tournoi de polo sur glace sur le lac gelé, ensuite dîner chez le duc d'Albe. Après-demain une virée est organisée par les Rothschild.

– Oui c'est au Grill, et ensuite on joue au bowling.

– On danse au Chesa Veglia ce soir ?

Le gotha court après le temps. Arturo Lopez loue un appartement qu'il décore grand siècle, c'est Louis XIV ou rien. Henri de La Falaise est élu vice-président du Corviglia Club.

– Pour une fois qu'il fait quelque chose, soupire Niárchos en observant Tina avec plus d'attention que d'habitude.

Pourquoi Eugénie se sent-elle si mal ? Oui Tina est vraiment ravissante, trente-sept ans, le bel âge. Ses boucles blondes viennent mourir sur sa zibeline, ses yeux scintillent de mille feux quand elle regarde Niárchos, sa bouche découvre des dents d'une blancheur parfaite. Et ce nez pointu, une réussite ! N'importe qui aurait envie de lui arracher un baiser. Elle resplendit comme une histoire sur le point de débuter. Tina a quelque chose en tête, Eugénie, elle, a la migraine ! C'est une grande fille toute simple, de l'amour, elle veut de l'amour, ce n'est pas si compliqué.

Le shah et la shabanou sont arrivés hier soir avec un groupe d'amis. Les Agnelli sont chez les Brandolini, voici Günter Sachs au bras de Fiona von Thyssen-Bornemisza.

– Tiens, tu es là chéri ? souffle Tina, étonnée d'entendre la voix de son fils.

– Maria, ne fais pas la tête, ordonne Niárchos à sa fille. Un million de dollars pour un sourire, ma chérie.

– Maman, qui est cette femme, là-bas, si belle ? Avec Günther Sachs ?

– Fiona, ma grande amie. Celle qui vient juste de divorcer !

– Je vais l'épouser, Maman.

– Arrête de dire des bêtises où je te renvoie chez ton père. Tu n'as que quinze ans.

– Dix-sept Maman, j'ai dix-sept ans, affirme Alexandre Onassis. Présente-la-moi.

– Certainement pas !

Charlotte Ford rentre à New York. Le 25 mai 1966, après cinq mois de mariage, elle donne naissance à une petite Elena Anne. Extatique, Henry Ford II dit à tout le monde : « C'est le portrait de Charlotte. Son mari, Niárchos, oui un homme charmant. » En privé, « c'est le pire fils de pute que j'aie jamais connu ! » D'autant que Charlotte en a déjà assez. Ce mariage était bâti sur du vent, la jeune femme rue dans les brancards, personne n'avait prévu ça, surtout pas Niárchos. Elle donne un grand coup de pied dans le château de sable et se précipite à Ciudad Juárez avec son bébé. Le divorce est prononcé le 17 mars 1967. Elle a choisi la bonne saison, le temps y est plus clément. Niárchos ne se remarie pas avec Eugénie, car la religion orthodoxe n'a pas reconnu le mariage de Charlotte. Pour faire simple, Niárchos, jeune divorcé, vit dans le péché avec sa femme et ses enfants. Eugénie va beaucoup mieux. Cela ne va pas durer.

Car Niárchos déteste que l'on décide pour lui. Il regrette Charlotte, la couvre de fleurs, l'inonde de bijoux. Dépassée, trop jeune pour reconnaître ses erreurs, elle ne peut refuser. Il la poursuit à Marrakech, chez John Paul Getty junior et la sublime Talitha Pol, ils dansent joue contre joue sous les étoiles. Il y a là-bas toute une tribu de hippies défoncés en djellabas et lunettes roses, qui se damnent à longueur de journée. Ils croient en l'éternité, Niárchos éclate de rire. Talitha Pol est un papillon incandescent aux ailes striées d'héroïne. Elle ne fera pas long feu. Niárchos redemande Charlotte en mariage. Il l'a séduite, lui a brisé le cœur, et il a simplement envie de recommencer. La pauvre enfant commence à regretter son couvent.

Eugénie attend son mari à Paris. L'hôtel de Chanaleilles est sinistre en hiver. Elle s'envole pour New York, mais les affaires de Charlotte sont encore à Sutton Place. Londres alors, au Claridge, mais où est Tina ? Marrakech aussi ? C'est étrange. Au château de la Croë, Eugénie s'ennuie, ce n'est pas la saison, alors Spetsopoula peut-être ? Tout renvoie Eugénie à cet homme qui la détruit. Son royaume, ses demeures, ses bateaux, ses collections. Les toiles du Greco peuplent ses cauchemars, les visages allongés se tordent dans d'atroces rictus. Qui sont ces créatures ailées armées de casques de serpent ? Les Érinyes, nées du sang d'Ouranos émasculé ? Eugénie a froid. Où sont ses pilules bleues, vertes, jaunes ? L'amour est volatil, Eugénie voudrait dormir, juste dormir…

À New York, la petite veuve de l'Amérique s'est installée dans un duplex au 1040 de la 5e Avenue avec ses enfants. Elle déjeune tous les jours à La Côte basque. On la croise au bras de Leonard Bernstein, Averell Harriman, Franklin Roosevelt junior, Truman Capote et même Anthony Quinn. Parfois à celui d'Aristote Onassis. Elle crie partout qu'il a un charme fou, un rien de Black Jack Bouvier, l'odeur du scandale certainement. On dit tellement de choses sur Jackie, on dit même qu'elle serait amoureuse de Bobby. Ne les a-t-on pas vus sortir un matin du même appartement ? Sans doute pas pour discuter des droits civiques des Noirs, du pouvoir de la Mafia... Martin Luther King est assassiné le 4 avril 1968 à Memphis. Et c'est reparti pour les droits civiques des Noirs ! Bobby est assassiné le 6 juin 1968 alors qu'il traversait la cuisine de l'hôtel Ambassador à Los Angeles. Le chapelet de son épouse Ethel sur la chemise ensanglantée. Et c'est reparti pour le pouvoir de la Mafia !

À l'enterrement de Bobby, Jackie Kennedy porte une robe marron de chez Valentino et ses lunettes vissées sur la tête. Rose Kennedy demande à Hubert de Givenchy de coudre son collier de perles sur sa robe afin qu'il ne vienne pas frapper le cercueil quand elle se penchera pour l'embrasser.

– Ce pauvre garçon a tout eu dans la vie, tout sauf de la chance, estime Onassis.

– Je hais ce pays, je méprise l'Amérique, et je ne veux plus que mes enfants y vivent ! Plus jamais ! hurle Jackie.

– Venez sur le *Christina O.*, ma chère, vous y serez en sécurité.

Et Tina ? Tout va bien pour elle. Il semblerait que le duc de Marlborough soit au plus mal. Tina se rêve duchesse, elle ne sait pas que l'on a fait de gros progrès en médecine, surtout en Angleterre. Pour Tina, le pire est à venir. C'est déjà demain.

Il ne pleut jamais sur les îles de la mer Ionienne. Or ce dimanche 20 octobre 1968, il tombe une pluie fine et glaçante. L'orage dévastateur de la veille s'est transformé en crachin entêtant et insidieux. Personne ne l'avait prévu. La mer est phosphorescente, on dirait qu'elle va engloutir la Terre. Faut-il y voir un mauvais présage ? Sûrement pas, affirme Artémis Garoufalides, la sœur du marié. Elle s'y connaît, elle fraye avec les dieux, Poséidon surtout.

Jackie Kennedy épouse Aristote Onassis. À Skorpios. La cérémonie est confidentielle. Seuls une vingtaine d'invités se pressent dans la minuscule chapelle de Panatyitsa couverte de roses blanches et de fleurs de citronniers. La cérémonie est orthodoxe. À Boston, le cardinal Cushing, aumônier du clan Kennedy, lève les yeux au ciel et excommunie diligemment la veuve du Président.

Jackie est bien sombre pour une mariée, on dirait même qu'elle fait la tête. Elle devrait être rayonnante, triomphante. Elle devrait irradier. Sa silhouette est connue dans le monde entier. On s'est habitué à la voir digne et hautaine en tailleur gansé et bibi tambourin s'inclinant dans une révérence irréprochable devant la reine d'Angleterre.

Ou crapahutant les abdominaux serrés sur le coffre d'une Cadillac. Elle porte aujourd'hui une robe ivoire à motifs ajourés tels une mosaïque antique, les manches longues un rien bouffantes, les boutons en perles nacrées et le col montant. La jupe s'arrête au genou. Valentino. Élégant et sobre, avec un rien de hippie chic. Elle a dans les cheveux un genre de ruban avec des fleurettes immaculées qui lui donne un air de vieille petite fille évaporée. C'est une veuve qui frise la quarantaine. Autour du cou, une croix en or de chez Zolotas, le plus grand joaillier grec.

– Apportez toutes vos croix, avait ordonné Onassis au bijoutier. Choisis, avait-il suggéré à Jackie.

– Je les prends toutes.

Ari fait dix centimètres de moins que sa fiancée, il porte un costume bleu trop brillant, comme d'habitude, une cravate rouge vermillon et une rose blanche à la boutonnière. C'est affreux et vulgaire, mais on est habitué.

Jackie pénètre dans l'église au bras de son beau-père, Hugh Auchincloss. Sa mère, Janet Bouvier, ne peut masquer son mépris et sa réprobation. Désemparée, complètement dépassée, Lee Radziwill s'appuie sur les murs blanchis à la chaux pour ne pas tomber. Les quelques invités présents se demandent si elle n'est pas ivre. Caroline Kennedy a onze ans, son frère John-John huit ans. Ils se tiennent debout, bien droits, de chaque côté du couple, ils portent un grand cierge blanc à bout de bras. Leurs visages sont inquiets et leurs regards hallucinés. On dirait qu'ils ont été drogués. À vingt et dix-huit ans, Alexandre et Christina Onassis ont leur tête des mauvais jours, et ce n'est pas une crise d'adolescence. On n'en rajoutera pas sur l'aspect physique et le poids de cette pauvre Christina, c'est de pire en pire.

Le rite orthodoxe grec est d'une rigueur sinistre, d'une lenteur affolante. L'archimandrite prononce les paroles d'usage. Il se nomme Polykarpos Athanassiou, il ressemble à Raspoutine avec sa longue barbe noire, son air mystique et débauché. Il porte une chasuble de brocart or et chantonne pendant les quarante-cinq minutes que dure la cérémonie. C'est angoissant, on s'attend à tout moment à une révélation sordide, un cadavre émergeant d'un placard, une tribu de ménades possédées ou encore Lee Harvey Oswald, Jack Ruby et Sirhan Sirhan venus accorder leur bénédiction au couple divin. Les invités sont serrés comme des sardines. Et trempés jusqu'aux os. Aristote Onassis et Jackie Kennedy échangent les alliances et boivent le vin sacré dans un gobelet d'argent incrusté de lapis-lazulis. L'archimandrite place avec délicatesse les couronnes de fleurs de citronniers sur le front des nouveaux mariés. C'est le symbole de l'union du couple. Puis vient la danse rituelle d'Isaïe, le prêtre fait tourner Aristote et Jackie trois fois autour de l'autel, les invités lancent machinalement des pétales blancs sur les époux. Une odeur lourde d'encens, de pistache et de poussière humide flotte dans l'air, c'est d'un calme irréel. Figé dans un temps qui ne peut exister. Inique et subversif. Christina pleure, mais pas de joie. Le prêtre souffle sur les flammèches, Caroline et John-John Kennedy ont des crampes dans les épaules. Ont-ils le droit de poser les cierges à terre maintenant ? Ils interrogent du regard leur mère, déguisée en première communiante. Oui, répond-elle d'un battement de paupières. Ils sont rassurés, mais quelle plaie que l'orthodoxie ! Onassis et Jackie sortent de la chapelle main dans la main, faisant abstraction du tohu-bohu ambiant, du riz et des pétales de roses qui volent autour d'eux. Les parapluies s'ouvrent et s'entrechoquent. Les flashes des appareils photo font sursauter Jackie. Non, ce n'est pas un attentat, juste un mariage ! Le sien. Des trombes d'eau s'abattent sur Skorpios. Les sentiers en terre de Corfou se transforment en véritable gadoue, les talons s'enfoncent, les souliers en chevreau sont souillés. Onassis et Jackie montent à bord d'une jeep dorée et filent vers la mer. Les gardes du corps se battent avec les paparazzis, il y a des jets de pierres sur le passage de l'automobile. Caroline et John-John Kennedy plongent la tête entre leurs genoux. L'hydravion Piaggio couvert de fleurs les dépose en quelques minutes sur le *Christina O.*, avant de revenir chercher les précieux amis crottés et trempés comme une soupe.

Une centaine d'invités sont attendus à bord. Dont Sinatra qui parvient à se tenir correctement. Ils ont tous reçu un simple carton blanc, gravé en lettres d'or, envoyé par le courrier d'Olympic Airways. Un mariage en toute intimité. Jackie porte au doigt une bague sublime. Un rubis en forme de cœur serti de diamants.

– Elle est belle comme un million de dollars, plaisante Sinatra.

– Non, le double, répond Ilias Lalaounis.

C'est lui qui a créé la bague pour Zolotas, il sait de quoi il parle.

Caviar, poulpes, homards, boulettes de viande cuisinées à la sauce de Smyrne, tzatziki, taramosaláta et dolmadákia... Ouzo, champagne millésimé, whisky cent quatre ans d'âge, le plus cher du monde, précise Onassis. Sur chaque table, une nappe brodée à la main par les veuves de Paxos. De jeunes paysannes distribuent les koufetas, ces bonbons blancs fourrés à la pistache, et entraînent les invités ébahis dans une farandole infernale. On chante, on se trémousse toute la nuit. Onassis est le roi du sirtaki, il le danse comme personne. Pour lui plaire, Jackie a pris des cours à New York. Ses enfants, sidérés, baissent les yeux. Ceux d'Onassis ont quitté le navire. Alexandre l'a crié haut et fort :

– Je ne dormirai jamais sous le même toit que l'intrigante !

En pleine mer, un essaim de reporters et de photographes a affrété des centaines d'embarcations pour rallier Skorpios. L'île est cernée de toutes parts, le *Christina O.* de même. Onassis a promis à sa nouvelle reine la plus grande sécurité. Jackie a fait une déclaration à la presse, rédigée par le plus important cabinet d'avocats de New York. En espérant apaiser les journalistes : « Nous désirons que notre mariage soit une cérémonie intime dans la petite chapelle de Skorpios au milieu des cyprès. N'y assisteront que quelques membres de nos familles, dont nos enfants. Si vous nous accordez ce moment d'intimité, nous serons ravis de coopérer avec vous pour que vous puissiez prendre les photographies dont vous aurez besoin. Nous ferons tout notre possible pour que tout se passe bien pour vous. Nous espérons qu'à la fin de cette journée, votre travail accompli, vous y repenserez et vous nous souhaiterez bonheur et tranquillité. » Les journalistes veulent des photos, pas des leçons de morale. Les marins des alentours racontent en chuchotant que deux photographes passés par-dessus bord ont échappé de peu à la noyade.

– Pourquoi te maries-tu ? demande Lee, bouleversée. C'est moi qui devrais être là.

– Le premier qui dit « mariage pluvieux, mariage heureux », je lui fiche mon poing dans la gueule ! s'exclame Ari.

– Ta sœur a toujours eu l'œil pour repérer l'objet le plus précieux et le plus cher et te le piquer sous le nez, chuchote Janet Bouvier.

– Ce mariage ne durera pas, lui répond Lee.

– Cassandre, personne ne t'écoute jamais ! affirme Peter Beard, photographe animalier de son état, et nouveau petit ami de Lee Radziwill.

Onassis a l'air préoccupé. Un piège est-il en train de se refermer sur lui ? Jackie a l'expression lointaine de celles qui maîtrisent leurs émotions. Sa voix est enjouée et rêveuse. Elle est inimitable. Fabriquée. Admirable. Et son sourire, glacial. Les sœurs Kennedy, Pat Lawford et Jean Smith ont été envoyées par le clan. Elles sont en service commandé et font de la figuration. Ted Kennedy, pris par le Congrès, n'a pu venir, et puis cela aurait eu un effet déplorable. Comme il le regrette, c'est lui qui a finalisé le contrat de mariage. Il s'est amusé comme un gamin ! Ah, cet Onassis, quel sacré luron tout de même ! Ted a commencé par le prendre de haut. Nous les Kennedy, nous les fils de l'Amérique, charismatiques, aristocratiques, nous incarnons les promesses du peuple élu… Onassis a failli en avaler son havane. Il a claqué dans les mains, et une putain blond platine, roulée comme une Marlboro Light, s'est assise sur les genoux de Teddy. Elle lui a collé un verre d'ouzo dans une main, un cigare dans l'autre, et sa langue dans la bouche. Il n'y a pas à dire, le Grec sait parler aux fils de famille catholiques ! Teddy est tout de même parvenu à négocier cinq millions de dollars cash pour Jackie en cadeau de mariage. Elle avait demandé le double.

La réception dure toute la nuit. Des danseuses, du champagne, de la musique à profusion. Des lanternes sur le pont comme des milliers de vers luisants, un feu d'artifice sorti des forges d'Héphaïstos. Le *Christina O.* est une forteresse. Tout est parfait au royaume d'Aristote Onassis. La soirée, les invités, les mariés, les spécialités grecques, la musique, l'instant. Alors pourquoi crier au sacrilège ?

Parce que Jackie Kennedy est la veuve éternelle de l'Amérique. Sa petite chérie. Son enfant devenue icône. Elle lui appartient, elle n'est pas libre de sa vie, ni de celle de sa descendance. Jackie est à jamais une Kennedy. L'incarnation même du rêve américain. Elle a baigné dans le sang du martyr. A porté plusieurs heures après le malheureux tailleur ensanglanté. Comme une relique, un souvenir, un hommage.

— Pourquoi Jackie ? Pourquoi ? hurle l'Amérique, sous le choc.

— Parce qu'il m'apporte la sécurité. Parce que mes enfants et moi sommes sur la liste des tueurs. Parce que je n'en peux plus, je ne dors plus. Une foule avide de paparazzis est à mes trousses.

— Des voleurs de vie privée, rétorque l'Amérique, crois-moi, Jackie, tu vas en avoir encore plus que tu ne le crois.

– Une malédiction s'est abattue sur les Kennedy, je voulais la fuir, sanglote Jackie.

– Tu étais l'intelligence, le chic et la beauté, ironise l'Amérique.

– Je le suis toujours.

– Tu étais la femme d'un roi, tu régnais sur Camelot !

– Onassis est un homme bon.

– C'est un vieux, un Grec, c'est l'indécence personnifiée !

– Je ne voulais pas d'un destin sanglant.

– Tu auras un destin triste à mourir et tu deviendras folle ! hurle l'Amérique.

– Je vivais dans une cage, chuchote Jackie.

– Tu étais la vestale du souvenir de John Fitzgerald Kennedy, tu étais chargée d'en entretenir le feu !

– Je ne veux pas porter le masque, les vêtements du deuil, les stigmates de la mémoire.

– Sacrilège ! tonne l'Amérique, honte à toi Jackie ! Jackie O. comme outrage, tu m'as trahie.

Et du haut de ses quarante-six mètres et demi, l'Amérique abat sa torche enflammée sur le *Christina O.*, sa coiffe chute, les sept rayons de son diadème éventrent le pont, les chaînes brisées de l'esclavage déchirent le navire en deux, la torche embrase le bateau, il sombre, englouti par les flots en quelques secondes à peine. Seule demeure la tablette de la loi qui se dresse bien droite au milieu des vagues rugissantes de la mer Ionienne.

– Non ! hurle Jackie, qui se réveille en transe.

Son visage est désincarné, Onassis en a des frissons dans le dos. Quelle nuit de noces !

La presse s'en donne à cœur joie. «Mariage à l'arraché», titre *Le Figaro* à Paris. «La veuve et le milliardaire» en couverture du *Herald Traveller* de Boston. «Elle se nomme dorénavant Jackie O.» en une du *Times*. «Jackie hait les Américains», selon le quotidien national australien. «Jackie, comment as-tu pu?» ose le *Daily News*. Le monde entier est mal à l'aise, les enfants d'Onassis sont furieux, ceux de Jackie embarrassés. Maria Callas apprend la nouvelle dans *Paris-Match*. La fiancée officielle du Grec a loupé un épisode, elle est complètement sonnée. Elle va dîner chez Maxim's, essaie de trouver une contenance. Elle doit bouger, exister, faire semblant, enfin elle ne sait plus vraiment. On rit sur son passage. Pauvre Maria, va te cacher, ça rime à quoi de vouloir encore briller…

– D'abord, j'ai perdu mon poids, puis j'ai perdu ma voix, enfin j'ai perdu Onassis, sanglote Maria Callas.

– Personne n'a besoin d'une belle-mère, déplore Alexandre.

– Du prince charmant à Caliban, comme c'est drôle, s'amuse Niárchos.

– Jackie a trouvé un grand-père pour ses enfants, constate Janet Bouvier.

– Elle me le paiera, soupire Lee.

Quant à Tina, elle est à la chasse à la palombe en Espagne avec Sunny. Elle fait contre mauvaise fortune bon cœur. Et puis, chaque tourterelle qui tombe, c'est un peu d'Onassis qui se fracasse. En tout cas, c'est ce que chacun de ses tirs symbolise. La marquise de Blandford fait mouche à tous les coups. Les oiseaux s'effondrent l'un après l'autre, les chiens se précipitent, plantent leurs crocs dans le pelage bleu, le sang perce, c'est excitant la vie d'une rose anglaise. Tina se rêve duchesse, loin du scandale qui secoue le monde. C'est Eugénie qui la prévient :

– Achète le journal.

– Lequel ?

– N'importe lequel.

– Mais je suis en Espagne chez les ploucs, ils ne savent pas lire.

– Tu serais au Groenland chez les aveugles que tu l'apprendrais tout de même !

– Tu me fais peur...

– Rejoins-moi à Spetsopoula. S'il te plaît Tina, nous y serons bien. J'ai besoin de toi, tu sais...

Tina a raccroché.

Elle découvre l'impensable dans *El Mundo, El País,* le *Diario de Sevilla, El Correo,* le *New York Times,* le *Washington Post, Vogue, Harper's Bazaar, Le Figaro, Point de Vue, Holà, Hello !, Tatler,* etc. Tina fulmine, Tina rugit, Tina tempête, tonitrue, Tina devient folle, elle se déchaîne. Elle attrape sa carabine et vide cinquante cartouches d'un coup. Sur les lampes, la télévision, le bar, les toiles de maîtres. Pour la première fois de sa vie, elle n'a pas de carte à jouer. Tina déchire tous ses vêtements et ceux de Sunny.

– Ah non, mes costumes Gieves and Hawkes ! s'exclame le marquis, horrifié.

Elle balance ses chaussures sur les soubrettes, renverse les plats du petit-déjeuner, le café bouillant sur le jardinier, piétine le tableau de chasse, déchire le *diary* de son époux... mais cela ne suffit pas. Tina Livanos devrait pourtant savoir qu'on ne plaisante pas avec le destin. Le prochain acte est à portée de main et se joue à quelques encablures de Skorpios.

Pour préserver son mariage des curieux et des indiscrets, Onassis fait placer Skorpios sous étroite surveillance. Des panneaux en interdisent l'entrée, des gardes armés font des rondes sans arrêt et des hors-bords suréquipés croisent en permanence autour de l'île. Onassis symbolise la protection matérielle et morale, il envoûte Jackie, elle projette sur lui sa fascination pour la Grèce et sa mythologie. Elle est enfin heureuse, elle n'a jamais pu vivre sans un homme, elle fume ses L&M en contemplant ses nombreux bijoux. Jackie fête ses quarante ans le 28 juillet 1969 à Skorpios. Ari lui offre des boucles d'oreilles à cinq cent mille dollars. Le prix, c'est essentiel avec Jackie, on le connaît toujours. Des clips en or, dix-huit carats qui représentent la terre incrustée de diamants et de saphirs avec une grosse lune en cabochon de rubis. Imaginés par Lalaounis en hommage au succès d'Apollo XI, qui vient de se poser sur la Lune. Quarante ans tout de même, des boucles d'oreilles, c'est à peine suffisant ! s'étonne la jeune mariée. Elle aura alors un diamant de quarante carats de chez Cartier. La vie est paisible. Onassis a soixante-trois ans, il fume son havane en fixant la mer. Jackie est la concrétisation de ses rêves les plus fous. Elle a perçu avant tout le monde les dimensions épiques de sa propre histoire. A-t-on déjà vu pire sacrilège ?

C'est le 3 mai au soir que tout bascule. Aux alentours de vingt-trois heures. Le 3 mai 1970. Il pleut depuis le matin. Des nuages lourds et menaçants sont bloqués au-dessus de Spetsopoula. Eugénie a un étrange pressentiment, un malaise indéfinissable. Les enfants sont partis à onze heures, elle les a accompagnés à l'héliport, à l'extrémité septentrionale de l'île. Même son bébé, le petit Konstantin, huit ans maintenant, a rejoint sa pension à Paris. Eugénie a passé une journée sans histoires. Elle s'est ennuyée. Elle ne s'intéresse plus au cinéma ni à la littérature, encore moins à la politique ou aux affaires. C'était pourtant une fervente lectrice. Quand elle était petite, on ne pouvait la décrocher de ses livres. Le vieux Livanos trouvait cela ridicule. *Autant en emporte le vent*, Eugénie avait dix ans à peine. Un tel succès, prix Pulitzer ! Elle adorait Rhett Butler. Et cet amour fou au cœur du récit, un amour gâché par la vanité, la bêtise. « Ça suffit avec tes romans, fulminait Arietta. Tu vas finir par porter des lunettes, on ne pourra pas te marier. » Le mariage, le don de soi, Eugénie y a consacré sa vie. Elle a aimé Niárchos au premier regard. Elle n'a pas commis la bêtise de le rejeter et l'a récupéré après l'épisode

Charlotte. Elle n'a jamais joué les séductrices. Non, Eugénie est fidèle et loyale. Niárchos le centre de son monde, l'âme de son univers, celui qui la rend vivante. Niárchos, qui joue au chat et à la souris avec Charlotte et Eugénie...

La soirée traîne. Dans le salon tendu de moire bleue, Eugénie laisse vagabonder ses pensées. Ses yeux se perdent dans les tableaux. Gauguin et ses meules de foin, Van Gogh et son église sous la neige, Monet et sa vieille femme – lugubre. Même la série des *danseuses* de Degas ne l'apaise pas. Elle s'approche de la fenêtre, repousse les lourds rideaux de brocart doré. Cette île est une prison. Aménagée par Niárchos. Elle n'a jamais eu son mot à dire. Dehors, le déluge fait rugir les vagues. La mer grossit. Des vapeurs moites s'en élèvent. Le jardin des Hespérides est flétri. Soudain, le téléphone déchire le silence. C'est la ligne de Niárchos. Eugénie a mal. Une sourde langueur s'abat. Elle sait parfaitement qui est au bout du fil. Elle sort du salon et s'approche du bureau de son mari, il lui ferme la porte au nez. Elle monte dans sa chambre. Elle aime Niárchos avec extravagance, elle l'aime de manière prodigieuse et désaxée, elle l'aime avec vertige. Eugénie est terrifiée ce soir, un rien hagarde. Ces chassés-croisés incessants, elle n'en peut plus. Vivre côte à côte en étrangers. Vivre, un bien grand mot.

– Madame est servie, annonce la femme de chambre.

– Je descends, prévenez Monsieur.

Assis l'un en face de l'autre, Niárchos et Eugénie boivent. Toujours beaucoup. Trop pour Eugénie. Du whisky, la plupart du temps. Il est dix heures du soir. Un velouté de potiron, étonnant pour un mois de mai,

Niárchos ne fait aucune remarque. L'atmosphère est tendue, ils ne se parlent pas. Pas par manque de sujet, mais pour éviter celui qui leur tient le plus à cœur. L'orage va éclater, c'est certain, le tonnerre gronde au loin, la houle se déchaîne, le ressac se fracasse contre les rochers. Le maître d'hôtel ressert Niárchos. Il tient très bien l'alcool.

– À qui parlais-tu, Stáv ? demande Eugénie avec une fausse légèreté.

– Charlotte. Elle me donnait des nouvelles d'Elena, elle aura quatre ans le 25 mai.

– Et alors ?

– Je vais lui souhaiter son anniversaire, tu y vois un inconvénient ? grince-t-il en la fixant, froid comme un glaçon.

– Non, bien entendu.

– Ici.

– Quoi ?

– Ici à Spetsopoula, et Charlotte l'accompagnera.

– Pardon ? s'étouffe Eugénie.

– Elena ne va pas voyager toute seule, c'est évident, réplique-t-il sèchement.

– Et moi, je ne vais pas accepter que cette femme et sa gamine mettent les pieds chez moi ! s'offusque Eugénie dans un hoquet.

– C'est chez moi et il s'agit de ma fille !

– Mais quand tu es revenu, tu as promis...

– Si tu n'es pas contente, va-t'en. La porte est grande ouverte.

Livide, Eugénie se lève brusquement et quitte la table. Elle n'a pas touché à son assiette, sa bouche tremble. Sa robe de satin se prend dans un candélabre au pied de l'escalier, Eugénie tire dessus, le vêtement se déchire, elle court vers ses appartements. La colère monte. Une fureur incontrôlable. Ce mensonge empoisonne sa vie depuis cinq ans maintenant. Elle se jette sur son lit, cache son visage dans son oreiller. Elle a honte de ses débordements, elle en veut à Niárchos, il l'a cruellement déçue. La migraine, son crâne est un étau. Eugénie voudrait dormir. Quel somnifère ? Dans la salle de bains, les miroirs vénitiens sont cruels. Eugénie se perd dans l'armoire à pharmacie. Il y a tant de flacons, lequel choisir ? Les pilules qui apaisent font dormir aussi, celles qui font dormir passent la migraine. Le soulagement viendra. Il suffit de mélanger, les rouges et les vertes, les jaunes et les bleues, les roses aussi. Les cachets glissent sur sa langue, sa bouche est pâteuse. Dormir comme dans les contes de fées, dormir et se réveiller sous le baiser du prince charmant. Et tout sera comme avant, comme il y a vingt ans… Elle vacille, s'agrippe à la poignée. La porte pèse une tonne. Comateuse, Eugénie tâtonne jusqu'à son baldaquin et s'effondre. La couverture en astrakan glisse par terre. Elle pense à Charlotte, à ses cheveux dorés, à son corps parfait. Charlotte à peine plus âgée que Maria, sa propre fille. L'oubli est lent à venir. Eugénie a une illumination et se redresse avec peine. Il faut qu'elle lui parle. En titubant, elle descend le grand escalier à double révolution. Il y a encore de la lumière dans le bureau de Niárchos. L'éclairage chaud de la lampe de banquier. Elle entre, il est debout, penché sur une pile de dossiers.

– Stáv.

Il ne relève pas la tête. Elle observe un instant ses larges mains tannées par le soleil, ses veines saillantes. Elle doit le faire, pour ses enfants. Pour Konstantin surtout, son préféré.

– Je voudrais retirer cet argent qui m'appartient et que tu as investi. Il y en a pour plusieurs dizaines de millions de dollars, je crois.

Elle ne tremble pas.

– Tu m'entends Stáv ?

Je suis une bonne mère, songe-t-elle, je les protège.

– Laisse-moi tranquille, tu vois bien que je travaille.

– Mais…

– Fiche le camp ! murmure-t-il en la fixant d'un regard assassin sans ciller.

Abasourdie, elle sort en zigzagant et s'appuie au chambranle. Elle chancelle dans le couloir, elle a très chaud. Comment s'appelait ce héros, déjà ? Ah oui, Rhett Butler. Le feu et la passion. Rien à voir avec son époux, impassible et marmoréen, sans âme et au sang froid. Eugénie trébuche dans la bibliothèque, elle y fauche la carafe de whisky. Elle se cramponne à la rampe de l'escalier et reprend son souffle. Le trumeau lui renvoie un visage déchiré par de longues traînées noires, des cheveux en bataille, elle a cent ans. Mille ans. Sa robe pendouille. Encore quelques marches. Sa chambre n'est plus très loin, elle vacille jusqu'à la salle de bains et s'effondre dans le lavabo en forme de coquille Saint-Jacques. Plus. Elle en veut plus. Des roses, des bleues, des jaunes, et le sommeil à jamais. Être enfin apaisée. Où sont-elles toutes ces fioles de couleur ? Ces bonbons aux vertus magiques ? Il y en a tant, la petite armoire en bois de rose en regorge. Elle vide les derniers flacons dans son verre à dents. Des bonbons de toutes les couleurs flottent dans le whisky. Au goulot de la carafe. Les cachets roulent dans sa bouche. Une autre lampée. Parfois les pilules tombent par terre, l'alcool dégouline le long de son cou. Sa gorge est en feu. Assouvie, elle ne pense à rien, émerge de la salle de bains, les jambes flageolantes. Une autre poignée de médicaments. Mais où est le whisky ? Elle tient la carafe à bout de bras. Elle s'appuie sur le secrétaire. Toutes ces pilules dans sa bouche, allez, encore une gorgée pour dormir à tout jamais. L'effet est foudroyant, Eugénie est si frêle. Elle tombe, son corps se fracasse dans un bruit lourd. À moins que cela ne soit la carafe. Ou le secrétaire Louis XVI, le cristal Lalique, les ans, le chagrin. Boum ! fait le corps d'Eugénie Livanos à vingt-trois heures tapantes, le 3 mai 1970.

La femme de chambre s'inquiète, c'est quoi ce raffut ? Rosella adore sa maîtresse. Elle se précipite. La porte est ouverte, les meubles sont renversés, elle hurle.

– Monsieur ! Monsieur ! Vite, c'est Madame ! Monsieur ! Au secours, aidez-nous !

Niárchos ne vient pas. Alors Rosella court, désespérée, et pénètre dans l'antre de son maître sans frapper.

– C'est Madame ! C'est Madame ! Monsieur, elle est inconsciente ! Elle ne répond pas !

– Quoi ?

– Elle est allongée par terre.

Niárchos oublie ses télégrammes, ses *tankers* et cette beauté de Charlotte Ford. Il monte quatre à quatre l'escalier. Eugénie est affalée. Son visage aux traits si fins est inerte, son teint cireux. Il la secoue, lui donne des claques, il faut la ranimer. Elle respire.

– Du café, vite, pour la faire vomir !

Rosella revient quelques minutes plus tard. Niárchos ouvre la bouche d'Eugénie et lui ingurgite le liquide de force en maintenant sa mâchoire béante. Elle régurgite un peu, Rosella se cache le visage dans les mains.

– Appelez le docteur Arnaoutis, ordonne-t-il.

– Mais il est à Athènes, est-ce que...

– Faites ce que je vous dis, vite !

Le docteur Panayiotis Arnaoutis débarque en hélicoptère. Il pleut à verse, cela n'a pas été aisé de venir. L'hélicoptère a failli s'écraser dix fois. Le docteur Arnaoutis est le frère du meilleur ami de Stávros, Michel Arnaoutis, l'ancien aide de camp du roi, en exil à Londres. Le docteur Arnaoutis travaille pour Niárchos, il soigne les employés des chantiers navals. Un peu plus d'une demi-heure après son suicide, il fait une piqûre à Eugénie. Sans aucun effet.

– Elle est morte, murmure Arnaoutis. Crise cardiaque.

Niárchos sanglote au chevet de sa femme. À chaudes larmes. Mais les nombreuses ecchymoses qu'Eugénie porte à la gorge et sur le corps inquiètent le médecin. Il refuse à son ami, à son patron, au plus puissant des Grecs, Zeus lui-même, le permis d'inhumer, pour enterrer Eugénie, selon la coutume, le lendemain du jour de sa mort. On prévient la police.

Spetsopoula est dévastée par la pluie, des bourrasques inondent la terrasse, l'eau gronde dans les fossés, la mer est démontée, la colère des dieux se déchaîne. Un jeune policier arrive de Spetses, le lieutenant Dimitrios Koronis. Il a la même réaction que le médecin. Les deux hommes échangent un coup d'œil. Dimitrios Koronis fait réveiller le professeur Kapsakis, chef du service de médecine légale d'Athènes, afin de lui faire signer une nouvelle demande d'autopsie. Six hommes sautent dans une vedette à moteur et affrontent les eaux impétueuses. C'est la barque des Moires. Le professeur Kapsakis et les cardiologues les plus réputés d'Athènes débarquent dans le port artificiel de Spetsopoula. Ils prennent place à bord d'une Lancia bleue et blanche, les couleurs de Niárchos, elle est marquée d'un énorme N doré sur la portière. L'autopsie durera plusieurs heures. Ils écartent la crise cardiaque. Le professeur Kapsakis fait réveiller le procureur du Pirée, Konstantin Fafoutis. Niárchos appelle aussitôt son avocat, René de Chambrun, et le somme de se rendre à Orly, où il a fait affréter un avion à son attention. À quatre heures du matin, le 4 mai 1970, l'hélicoptère de la gendarmerie dépose à Spetsopoula le procureur Fafoutis et le capitaine de gendarmerie. Le bras de fer peut commencer.

Konstantin Fafoutis a le cheveu court, rare et blanc. Son visage nerveux est parsemé de tics. Ses yeux noirs sont aussi froids que ceux d'un poisson mort. Il vient d'un petit village des gorges Vikos, en Épire. L'argent, il sait ce que c'est, il n'en a jamais eu. Pas plus qu'une femme, des enfants ou une maison. Surnommé « la Fourmi », c'est un besogneux. La première chose que voit le procureur, c'est une villa de quinze pièces et son propriétaire. Les domestiques, les œuvres d'art, le mobilier, il n'y connaît rien. Ses pieds crottés souillent les tapis persans. Sa gêne le rend véhément. Fafoutis est persuadé que Niárchos est moins innocent qu'il n'y paraît. Il en a l'intime conviction. Au premier coup d'œil, les deux hommes se détestent.

– Si j'ai frappé ma femme, c'est pour la ranimer, affirme Niárchos.

– Et si c'étaient ces coups qui avaient provoqué la mort, des coups mortels ?

– J'ai voulu la faire vomir. J'ai mis ma main dans sa gorge, et je lui ai tenu la tête en bas, tapotant entre ses omoplates.

– Quelques minutes auraient suffi pour faire venir le médecin de Spetses, poursuit Fafoutis d'une voix tranchante.

– Un incapable. Le docteur Panayiotis est le meilleur médecin que je connaisse !

Livide, Niárchos est d'un calme olympien. Il a toujours su que le danger venait de la plèbe. Fafoutis ne changera pas d'opinion. L'avocat de Niárchos, René de Chambrun, débarque enfin. Il va le défendre âprement. Restituer le climat qui règne sur la villa ce jour fatidique. Mais ni la reconstitution des événements survenus quelques heures plus tôt, ni les témoignages du jardinier et de Rosella ne feront vaciller la conviction de Fafoutis. Conclusion fortement renforcée par le résultat de l'examen des médecins.

– La mort est due à l'absorption massive de barbituriques. Mais nous avons aussi relevé des traces de coups sur la gorge, le visage et l'abdomen, affirment les cardiologues.

– Je confirme la présence de coups, ajoute le professeur Kapsakis.

– Madame, pauvre Madame, sanglote Rosella.

– Monsieur Niárchos, je vous accuse de coups mortels portés contre votre épouse. Vous ne vous en tirerez pas comme ça, conclut Konstantin Fafoutis avant de rentrer à Athènes en hélicoptère.

Niárchos sait qu'il risque vingt à vingt-cinq ans de prison. Le procureur Fafoutis a fait procéder à une nouvelle autopsie à Salonique, qui a conclu à l'éclatement de la rate, à la perforation des intestins et à l'enfoncement du sternum. Et ce avant l'absorption des barbituriques. Pourtant, rien ne sera retenu contre Stávros Niárchos. René de Chambrun a été exceptionnel, c'est un tribun, il sera formidablement payé. On dit que le régime des Colonels qui gouverne la Grèce a été arrosé de même.

Les gifles de Niárchos auraient dû arracher Eugénie à la mort. À quoi songe-t-il alors que le cercueil de son épouse, emporté à bord d'une vedette, passe à quelques mètres de la poupe du *Créole* ? La pluie s'arrête enfin, la lune se reflète dans la mer et irradie d'une couleur vieux rose sur le gris ardoise des eaux écumantes. Les troncs des oliviers se tordent. L'île maudite est balayée par les vagues. C'était un paradis secret, un jardin d'Éden où régnait la volupté. Et la richesse. Bercé par le chant des insectes, embaumé par la résine des pins et les lauriers-roses. Il en émane encore un parfum lourd de fleurs sauvages et de chênes verts. Eugénie en était la déesse, mais la nuit vient de se refermer sur elle. Elle avait quarante-trois ans.

Moi, Tina Livanos,
le 20 octobre 1971 à Paris

– « *Arrête, malheureuse, ou je te laisse à ma colère. Crains que mon fol amour pour toi ne se transforme en haine.* »

– *Quel clown ! Citer Homère, mais pour qui te prends-tu ? Mon pauvre Ari…*

– *Je suis ton mari devant Dieu, Tina. L'Église orthodoxe ne reconnaît pas le divorce !*

– *Je te rappelle que tu as épousé la veuve Kennedy. Nos liens sont brisés à jamais.*

– *Je t'aime, Tina.*

– *Tu te comportes comme un ado !*

– *Mais je suis affreusement blessé !*

– *Tu as soixante-quatre ans ! Va-t'en Ari, laisse-moi tranquille, je me marie dans une heure.*

– *C'est contre toutes les lois morales !*

– *Tu te fous de moi ! Comment oses-tu évoquer la moralité !*

– *Je vais divorcer, je vais t'épouser à nouveau*, Baby Doll.

– *Sors d'ici, ou j'appelle la sécurité.*

– *Et moi, j'achète le Plaza Athénée et toute l'avenue Montaigne en cinq minutes !*

— *Je me marie Ari, que tu le veuilles ou non j'épouse Niárchos. Fiche le camp !*

— *Tu vas me détruire.*

— *C'est toi qui as commencé, en épousant ton sac d'os il y a trois ans, et tu oses venir pleurnicher...*

— *Je n'ai jamais aimé que toi, Tina.*

— *Et la Callas ? Tu l'as oubliée aussi celle-là ? C'est trop tard Ari, bien trop tard.*

— *Mais enfin, choisir Niárchos... Tu n'avais pas le droit ! C'est blasphématoire !*

Il retire ses énormes lunettes. Ses yeux sont injectés de sang. Sa bouche se tord. Va-t-il me cracher dessus ? Son nez busqué s'allonge, son visage s'affaisse, il tourne les talons brusquement et claque la porte de ma suite. Je m'affale sur le lit. J'en tremble. Comment parvient-il encore à me mettre dans un tel état ? Après tant d'années ? Je me marie dans une heure, ah mais qu'ai-je fait ? Et soudain j'éclate de rire. Je ris à n'en plus finir. Comme une folle furieuse. Mama pénètre dans la chambre, elle est horrifiée. Elle s'attend à un nouveau drame. Ma chère Mama, la vie ne l'a pas épargnée. Et je ris, oh comme je ris. Soulagement ou vengeance, il s'en est fallu de peu. J'épouse Niárchos. Je piétine l'orgueil d'Onassis, je le foule et l'anéantis. Je suis secouée de hoquets nerveux. Mama me colle une de ces gifles !

— *Mais quoi ? J'ai quarante-deux ans enfin...*

— *Alors, comporte-toi en adulte pour une fois dans ta vie ! Eugénie n'aurait jamais fait ça !*

— *Fait quoi ?*

— *Provoquer cet imbécile. Tu as de la chance, tu épouses enfin le bon. Et pourtant il n'était pas pour toi. Ne gâche pas tout, Tina.*

– *Eugénie en aurait été heureuse, Mama ?*
– *Bien sûr. C'est ton tour maintenant, viens.*

Je la crois. Ma mère s'est battue pour nous, a appuyé chacune de nos décisions. Une fois de plus, elle est à mes côtés. Et c'est la seule. Ma dernière ligne de vie. La plus longue. Pour la première fois depuis longtemps, je suis en accord avec moi-même. Apaisée. C'est la bonne direction, même si cela a l'air impensable. Comment ai-je pu me tromper à ce point, il y a vingt ans ?

Nous quittons le Plaza dans la Rolls Phantom gorge-de-pigeon envoyée par Niárchos. C'est Saint Laurent qui m'habille aujourd'hui. Une robe de jour en soie noire, assez courte, avec un corselet brodé de passementeries vertes et un boa argent. La collection a fait sensation cet hiver. On a crié au scandale, j'aime être scandaleuse. J'ai hésité avec le manteau sombre à motif lèvres fuchsia. Vraiment trop audacieux, a jugé Mama. J'épouse le mari de ma sœur, tout de même. Dix-huit mois à peine après sa mort. Restons sobres.

Eugénie a tissé les fils de son propre malheur. Elle a laissé son ressentiment la dépasser. Elle était bien trop exclusive. Il ne s'agissait que de faire semblant, accepter la gamine américaine, concéder à Charlotte une place pour l'anéantir le moment venu. Eugénie n'a jamais été une stratège. Bien entendu, il l'a aimée. Seul compte le moment présent, l'instant de grâce. Mama a raison, je dois regarder vers l'avenir. Je regarde droit devant. Aujourd'hui, c'est mon tour. Je me suis mariée deux fois. Par amour et par résignation. Certains crieront à l'anathème, mais je l'aime. Eugénie aussi. Je l'aime tant. Elle me pardonne, Mama l'a affirmé. Qu'ai-je à me faire pardonner ? Je vais m'occuper de ses enfants, éloigner cette dingue de Charlotte Ford et rendre heureux ce pauvre Niárchos écrasé par la fatalité. Nous l'avons tous été. Nous avons été dupés par l'envie, l'argent, le pouvoir. Pauvres de nous.

Aujourd'hui, 20 octobre 1971, dix-huit mois après le suicide de ma sœur aînée, j'épouse son mari, Stávros Niárchos. À Paris, à la mairie du VIIᵉ arrondissement. Dans l'intimité. Avec une cinquantaine d'invités que nous recevons chez nous, à l'hôtel de Chanaleilles, à l'angle de la rue Vaneau. J'adore cette demeure, on dirait une maison de passe. Les Français appellent cela une « folie ». Madame Tallien, amoureuse des révolutionnaires, des parlementaires comme des aristocrates, y tint salon. Elle fut l'une de ces Merveilleuses maniérées et subtiles, qui s'envoyaient en l'air avec tout ce qui bouge. La maison lui ressemble, brillante et mystérieuse. Les boiseries anciennes croulent sous la collection de Niárchos. Bonnard, Cézanne, Gauguin, Degas... je ne regarde même plus. Sur le Christina O.*, on collait van Gogh dans les toilettes, car il me donnait mal à la tête. Le* Père Tanguy *ne va pas y échapper ! La Pietà du Greco, oh quelle plaie, encore plus sinistre que celle d'Onassis. Les tapis de la Savonnerie sont aux armes du roi de Pologne, les plafonds s'ornent de stucs et de moulures, les parquets sont en bois des îles Vierges. Nous recevons dans la Grande Galerie qui s'ouvre sur les jardins à la Le Nôtre. C'est l'été indien, profitons-en. Quatre lustres magistraux en cristal de Baccarat scintillent, les rideaux de velours moirés sont rabattus pour laisser pénétrer la lumière. Des énormes torchères de chez Baguès semblent enflammer l'Olympe, les miroirs*

de Venise reflètent le soleil. Ce n'est pas Versailles, c'est
pire ! Voici madame Pompidou, les Cabrol et les Rothschild.
Voilà Alexis de Redé, Liz Taylor et Burton abonnés à la
France. Et puis, les Windsor en mal de tout. Tiens, ce cher
Dalí. Suivent les Brandolini, les Agnelli. Toute une bande
de mondains comme les adore Stáv, des mannequins de
vingt ans qui ricanent bêtement... Je vais avoir la migraine.
Oui du champagne, s'il vous plaît. Encore une autre coupe,
oui je suis la mariée. Quoi ? Mama roule des yeux. Enfin
laisse-moi, tu n'as plus l'âge de me surveiller ! S'il vous plaît,
jeune homme, il y a des pilules roses dans ma salle de bains.
Votre prénom ? Oh Sylvain, très bien. Des cachets roses, je
pense, à moins qu'ils ne soient jaunes. Dans l'armoire de
toilette. Merci, vous êtes charmant. Cyril, non Sylvain, je
vous ferai augmenter, c'est pour ma migraine, je vous l'ai dit
déjà. Où sont mes amis ? C'est mon mariage. Je les connais
tous. On se voit à chaque fois que j'enfile une nouvelle
alliance. Où sont ceux qui sont heureux pour moi ? Qui
pour me serrer dans ses bras ? Qui pour s'écrier Tina enfin,
cet amour fou dont tu rêvais, voilà, ça y est, c'est lui, profite
de ce bonheur qui te va si bien ? Qui pour se réjouir, avoir
les yeux brillants d'émotion, le rire étincelant de sponta-
néité ? Qui pour déclamer un discours généreux, me remer-
cier, me féliciter de m'occuper du veuf éploré ?

Je suis bien plus forte qu'Eugénie. J'irai au bout de cette
vie avec Niárchos, mon amour. Mon chéri, je vais vieillir
avec toi. Je vais t'aimer en dépit de Charlotte Ford,
d'Eugénie, des gossips, *des vieilles commères et des paparaz-*
zis. Je te regarde converser avec François Boutin, ton nouvel
entraîneur. Tu viens de lui confier ton écurie à Fresnay-le-

Buffard, tu t'es toujours passionné pour les courses. My Golden Greek. *J'aime tes cheveux blanchis par le temps, ton regard mélancolique et cruel, parfois interrogateur. Tu me fascines. On a dit que tu étais glacial, tu es brûlant. Tu possèdes l'ardeur et le chic des dieux, tu es de la race de ceux du Péloponnèse. Un voyageur sans valises, partout chez toi. Et moi, je te suis. Tu es obsédé par la réussite, je symbolise cette réussite. Tu me souris avec bienveillance, tu es tout ce que je désire. Tu es solide comme un roc, malgré le deuil. C'est ce dont j'ai besoin après ce mollasson de Blandford. Pauvre Sunny, je lui ai brisé le cœur, il s'en remettra. Stáv, tu prends ma vie en main, je te la confie aveuglément. Et sur les rivages du fleuve Léthé, l'âme de ta femme, ma sœur Eugénie, est enfin apaisée.*

J'ai perdu mes pilules. Une mariée ne peut se promener avec un flacon à la main. J'ai dû les poser quelque part dans la galerie. Où est-il ce jeune homme ? Et mon mari ? Ah le voilà. Pourquoi Hélène Rochas rit-elle si fort ? Ils paraissent complices...
— Cyril, Cyril.
— C'est Sylvain, Madame.
— Sylvain, voilà, vous savez les petites pilules, auriez-vous la gentillesse d'aller en chercher d'autres... je les ai perdues, je ne sais plus où...
— Oui, Madame.
— Et trouvez-moi une coupe de champagne pour les avaler. Ma tête explose.
Dès que je pense à Jackie, un étau enserre mon crâne. Ces photos d'elle toute nue qui ont fait le tour de la Terre ! Elle ne peut pas porter un maillot de bain, il faut qu'elle soit à

poil ! Alors, forcément tout le monde se précipite. Car elle
l'a fait exprès ! On a parlé d'un paparazzi plus malin que les
autres. Il aurait gagné Skorpios à la nage. Il se serait caché
derrière les buissons. Il l'aurait surprise. Non, c'est faux !
Personne ne peut atteindre Skorpios à la nage, avec un appareil photo qui plus est ! Arrêtons de prendre la plèbe pour
plus bête qu'elle n'est. C'est Jackie qui a monté cela, cette
fille est une véritable salope ! Je sais de quoi je parle, j'ai été
à bonne école. Et puis, elle est moche avec ses yeux de vache.
Elle les cache derrière de grosses lunettes faites sur mesure.
C'est elle qui a organisé les photos. Pour une seule et unique
raison, exciter Ari ! Il adore qu'on parle de lui. Aristote
Onassis a besoin d'exister devant le monde entier.

— Voilà Madame, les pilules roses, je les ai trouvées posées
sur le rebord de la dernière torchère.

— Merci, Cyril.

— Sylvain.

— Vous avez vu les photos de Jackie ?

— Pardon, Madame ?

— Jackie Onassis ! Avez-vous vu les photos ?

Il me regarde étrangement. Mais il faut bien que je parle
à quelqu'un, tout le monde me tourne le dos. Je ne m'en
remets pas. Des photos d'elle entièrement nue, de dos et de
face, de côté, marchant sur la terrasse, allongée. Provocante
en diable, en plein cagnard, couchée sur les rochers, le soleil
est une vraie fournaise en Grèce, est-ce une excuse pour se
balader à poil ? Elle a décidé de devenir une icône pour le
garder. Elle est terriblement intelligente. Riche et insou-
ciante, libérée des convenances. Elle est fausse. Au moins la
Callas était idiote, Jackie c'est autre chose, Jackie c'est le
calcul personnifié. Les enfants la détestent. On dit qu'elle a

refait Skorpios de fond en comble. Elle a fait changer chaque pierre de l'île comme pour les faire taire. Et l'on ose m'accuser de calcul. Moi qui n'ai jamais fait qu'aimer sans oser donner ; Eugénie savait, pas moi. J'ai été dupée. Mais il n'est pas trop tard. J'aime Niárchos, nous allons avancer ensemble vers un avenir merveilleux. N'est-ce pas ? Rose et jaune comme mes pilules. Je ne serai plus jamais seule. Et l'on continuera de parler de moi. Bien plus que de Jackie. Tina Niárchos va faire la première page de tous les magazines ! J'ai besoin d'exister. Comme Onassis. C'est ce qui nous liait. Être les premiers. Toujours en vue. Pouvez-vous le comprendre, Cyril ? Où est-il ? Où est mon mari ? J'étais plus belle qu'Eugénie, mais elle semblait tellement sage, tellement sûre d'elle. Je me sentais inférieure, mais je ne le montrais pas. Elle a épousé le plus grand des armateurs. J'ai eu le second. Ses enfants étaient magnifiques, les miens, vilains. Et moi tellement jalouse. Elle est morte avant moi, son suicide a fait la une de tous les journaux ! Par tous les dieux de l'Olympe, pouvez-vous comprendre que j'ai besoin de vivre enfin ? D'être à la première place ! Avec lui. Il est comme moi. Nous sommes arrivés au bout. J'ai quarante-deux ans, il en a vingt de plus. Nous avons le droit d'être heureux. Nous avons commis des erreurs, certes. Nous avons trop aimé l'argent. Aujourd'hui, je veux la paix et les bras de Niárchos autour de moi.

Il paraît que cette pauvre Maria Callas trimballe sa tristesse à Paris. Qu'elle est de plus en plus laide. Quel âge a-t-elle maintenant, quarante-cinq ans ? Elle a été sa maîtresse pendant près de dix ans, la malheureuse ! Si seulement Eugénie était encore là, on pourrait en discuter toute la nuit. Allez chérie, souris, sois joyeuse. Plus rien ne peut t'arriver, le meilleur est à venir. Où est le champagne ? Tiens, mes enfants… Alexandre est devenu joli garçon depuis qu'il s'est fait refaire le nez. Mais Christina, quelle mocheté…

– *Tu divagues, Maman.*

– *Quoi ?*

– *Tu parles toute seule, les gens s'en rendent compte, me dit Christina.*

– *Tu as franchi la ligne rouge, Maman, poursuit Alexandre derrière ses Ray-Ban.*

– *Non mais enfin ! De quoi vous mêlez-vous ?*

– *Tu prends la place de tante Eugénie, ose ma fille.*

– *Faux, j'ai promis à Eugénie de veiller sur ses enfants.*

– *Mais tu ne t'es jamais occupée des tiens ! rétorque mon fils.*

– *Tu t'en repentiras ! bafouille Christina en pleurant.*

– *Tu n'y comprends rien, comment pourrais-tu, c'est un acte d'amour fou !*

– *Maman, oh Maman je t'en prie, si seulement tu avais été plus présente…*

– *Va-t-elle se taire enfin, à vingt et un ans, on ne pique pas de crise d'hystérie Christina !*

– *Je te déteste, tu n'es plus ma mère, et je n'ai plus de père non plus.*

– *Alexandre, je t'en prie.*

– *Ne me touche pas.*

– *Maman, Maman !*

– *Arrête de hurler, Christina, c'est mon mariage, on nous regarde.*

– *Je te hais !*

– *Ta sœur est folle, calme-la.*

– *Et toi, tu épouses un assassin !*

– *Je l'aime, c'est le mari de ma sœur.*

– *Tu n'as toujours eu que de mauvaises raisons !* Maman, *voilà bien un mot qui n'a pas été inventé pour toi, tu n'es pas une mère, tu es une poupée de chiffon à mille milliards de dollars, et c'est le mari de ta sœur qui banque !*

La gifle est partie toute seule. Je n'ai pas pu m'en empêcher. J'ai bu trop de champagne. J'ai la migraine. Où est mon époux ? Mais que fait cette garce d'Hélène Rochas à son bras ? C'est mon putain de mariage tout de même !

Thanatos

Jackie a reçu cinq millions de dollars cash en cadeau de mariage. Négociés par cet ivrogne de Ted Kennedy ! Elle dépense à peu près cinq cent mille dollars par mois pour sa garde-robe. À Washington, elle avait droit à trente mille dollars ! Au défilé Valentino à Paris en 1972, souriante et mystérieuse, elle commande la collection dans sa totalité. D'un mouvement de tête. Derrière ses lunettes. Noires. Majestueuse. Magicienne. Puis elle rentre à New York en oubliant ses emplettes dans l'appartement d'Onassis avenue Foch. Ses ardoises sont faramineuses. Elle fait une boulimie d'achats. Elle adore ça. Elle n'est plus la reine de Camelot, elle est Hécate, la déesse au double visage, elle règne sur l'ombre et la brume, elle représente la Lune noire, derrière cet air sublime se cache la Mort. On lui sacrifie des chiens, car ils hurlent à la mort, des chevreaux et des agneaux. Elle est libre. Affranchie. Elle n'est plus contrôlée par les Kennedy, elle vit sur le *Christina O.* et à Skorpios. Elle s'est approprié la suite d'Onassis. À Skorpios aussi, ils font chambre à part. Au bout de quatre ans de mariage, leur couple est un désastre. Onassis le crie sur tous les toits.

— Je suis colossalement riche certes, mais je n'arrive pas à comprendre comment on peut acheter deux cents paires de chaussures en une fois. Cela me dépasse ! Je vais divorcer Alexandre, je n'en peux plus, c'est la plus grosse erreur de ma vie.

— Tu l'as bien cherché Papa, répond son fils, amer.

Le soleil perce à travers les stores vénitiens. Les bureaux d'Olympic Airways sont situés sur l'aéroport international d'Hellinikon. À sept kilomètres au sud d'Athènes et à l'est de Glyfáda. Alexandre dirige la compagnie fondée par son père en 1957. Ce jeune homme magnifique, son héritier, ne vit que pour les avions. Olympic Airways s'est développée très rapidement grâce à un service non-stop Athènes-New York puis un Athènes-Johannesburg. La secrétaire apporte deux verres d'ouzo, elle connaît son patron. Le trafic est fluide sur les pistes, c'est dû au temps de roulage singulièrement réduit ces dernières années. Onassis s'approche de la fenêtre, il soulève les lattes en bois et observe l'atterrissage d'un Boeing 727 en provenance de Nairobi. Onassis se retourne vers Alexandre et avoue :

— Je revois Maria, tu sais. C'est la seule qui m'ait véritablement aimé.

— C'est faux et tu le sais, Maman t'a aimé.

— Ne me parle pas de ta mère ! rugit Onassis en abattant le poing sur le bureau en acajou.

Il se laisse tomber dans un fauteuil Egg rouge écarlate d'Arne Jacobsen.

— C'est très laid, tu as un goût épouvantable, mon fils.

Alexandre Onassis est féru de design. Il se veut moderne, rapide, il aime les lignes de fuite, il est sans détours.

— J'aimerais te parler de Fiona, Papa.

Il vient de tomber fou amoureux. Alexandre n'a pas toujours été le play-boy qu'il est aujourd'hui. À dix-huit ans, il a suivi les conseils de sa mère et s'est fait refaire le nez. Il est mince, a le cheveu noir et épais, le regard chaleureux et tendre. Une certaine tristesse auréole son visage et le rend terriblement attachant. Il ressent un amour infini pour ses parents, sa mère surtout qui ne s'est jamais occupée de lui. La plupart des mères méditerranéennes placent leur fils sur un piédestal. Pas Tina, c'est elle qui grimpe sur le piédestal. Trop occupée, trop riche, trop mondaine. Elle a passé son temps à oublier son fils dans les bras de nounous. Alexandre a cru longtemps qu'Ari et Tina allaient se remarier. Il s'est trompé amèrement. Alors, il cherche le réconfort ailleurs. Il le trouve en Fiona von Thyssen-Bornemisza.

C'était à Saint-Moritz, il y a quelques années. Il a douze ans, elle vingt-huit. Il neige à gros flocons, une véritable tempête, la station est anesthésiée, comme ouatée, les gens confinés chez eux, au chaud. Alexandre déjoue la surveillance de la bonne. Il doit sortir. Il a besoin d'être seul dans le silence. Il quitte le chalet en passant par la porte de derrière. Il court dans la rue principale du vieux village, dépasse l'église et se dirige vers le lac. Les boutiques de la via Serlas scintillent, les sapins ploient sous un épais manteau blanc. Il n'y a personne. Alexandre a son écharpe nouée autour du cou, son bonnet couvre son front et ses oreilles. Ses yeux grands ouverts contemplent le monde. Et le monde, c'est elle. Elle descend d'une voiture de sport devant le Palace-Hotel. Son manteau de vison gris traîne par terre, elle porte une toque assortie. Ses longs cheveux roux flottent autour d'elle, ses yeux émeraude rayonnent dans les flocons. Le jeune garçon la fixe, fasciné. Debout, seul au milieu de l'allée. Une Rolls klaxonne, la jeune femme se retourne, elle croise le regard bouillant d'Alexandre Onassis, et lui offre un sourire enjôleur. Il ne s'en remettra jamais. Le parfum de Fiona von Thyssen-Bornemisza s'est imprimé dans la neige.

Les années passent. Quinze ans, il ne va pas à l'école, ses précepteurs l'ennuient, il rêve d'ailleurs, d'avions et de Fiona. Trimballé entre une mère qui l'ignore et un père trop grand pour lui, il se perd. Sa mélancolie effraie Onassis. Et si le petit était homosexuel ? Il le fait débaucher illico par une fille de madame Claude. À dix-sept ans, on le croise à Crans avec Julie Christie, à Covent Garden avec Liza Minnelli. Et même avec Odile Rodin, la jeune veuve de Rubirosa. Aristote Onassis est rassuré. Il ne devrait pas. Alexandre n'est pas un play-boy, il ne cherche que l'amour, même chez les filles d'un soir. Il n'a pas d'amis, Christina en a trop. Il méprise les gens de son âge, Christina les idolâtre. Il est beau comme un éphèbe, Christina est laide à faire peur. Jamais on n'a vu frère et sœur si différents. Ils ne se rejoignent que sur leur haine pour la Callas et Jackie O.

Saint-Moritz à nouveau, chez Niárchos. Alexandre a dix-huit ans, il est heureux, Tina a la bonne idée de recevoir sa grande amie Fiona. Un mannequin écossais qui vient de divorcer d'un milliardaire, le baron Heinrich von Thyssen-Bornemisza.

– Allons boire un verre au Palace-Hotel, lance cette dernière après le dîner.

– Quelle bonne idée, acquiesce Tina.

– Sans moi, répond Niárchos qui plonge dans le *Financial Times.*

– Alors, je reste avec toi, chéri. Alexandre, veux-tu être gentil et sortir Fiona ?

Un verre et puis un autre. Il la trouve sublime quand elle éclate de rire. Riche et belle à se damner, un corps élancé, une peau dorée comme une pêche en été. Elle voyage pour combattre l'ennui. Pour Alexandre, c'est une révélation. Fiona est la femme de sa vie, son unique passion. Il le lui dit. Elle éclate de rire. Elle trouve qu'il a des airs de grands dadais, elle a seize ans de plus que lui, tout de même.

Et puis un soir, elle dit oui. Le froid, la solitude, la peur d'être seule dans sa chambre. Le lendemain, elle le regrette, mais l'amour d'Alexandre se referme sur elle comme un piège. Ce jeune homme, qui ne s'est jamais intéressé qu'aux Ferrari et aux hors-bord, découvre la notion du don. Fiona von Thyssen est perturbée, décontenancée. Ce nez refait, cette mèche qui lui tombe sur les yeux, ses Ray-Ban qu'il ne quitte que pour dormir, ce sourire ravageur et franc, tout chez lui la bouleverse. Elle se laisse aimer, cela ne lui était jamais arrivé. « Alexandros », soupire-t-elle au petit matin en se blottissant contre lui.

Tina est furieuse. Elle a trois ans de plus que Fiona et ne se voit vraiment pas en belle-mère. Elle harcèle Onassis pour qu'il intervienne. Mais que faire ? Ternir la

réputation de la jeune femme ? Inventer des mensonges ?
Proférer des menaces ? Fiona et Alexandre sont seuls au
monde.
— Elle a couché avec tout Paris, tout Londres, tout…
— Tais-toi, Maman.
— Tu pouvais l'avoir pour cinquante dollars ! assure
Onassis.
— Arrête.
— Tu peux la sauter contre une montre Cartier, propose-
lui.
— Papa, je t'en prie.
— Mais que lui trouves-tu ?
— Elle me comble, Maman.
— Pourquoi n'épouse-t-il pas Francesca, la fille de
Fiona ? interroge Onassis.
— Elle a dix-sept ans, ce serait parfait, estime Tina.
— J'aime Fiona, et tu n'as rien à dire Maman. Ton
propre mariage est une hérésie, Niárchos est le mari de ta
sœur, qui plus est, un individu vil et méprisable !
— Je suis d'accord, renchérit Onassis.
— Ce n'est pas le sujet ! Revenons à Fiona von Thyssen.

Entre Fiona et Alexandre, c'est l'amour fou. Ils s'aiment.
En dépit de l'âge et des circonstances. Alexandre est un
héros, il décolle à bord de son hydravion Piaggio par tous
les temps, il transporte les malades entre les îles et le continent. Fiona, qui ne s'est jamais occupée de personne,
trouve enfin un sens à sa vie. Son Alexandros rend le reste
si vain. Mais Tina s'entête sans comprendre qu'en Fiona,
Alexandre trouve tout ce qu'elle ne lui a jamais donné. Et
Tina poursuit son ex-mari de sa véhémence.

– Ari, il faut que tu saches quelque chose... Niárchos paye Fiona pour coucher avec Alexandre, pour obtenir des informations sur tes affaires.

– Quoi ? Alors, je suis rassuré.

– Comment ça ?

– Cela signifie que Fiona n'est pas une fille pour Alexandre, mais pour moi !

– Ne sois pas ridicule, fais quelque chose !

– Écoute Tina, c'est déjà suffisamment compliqué avec Jackie. S'il te plaît, arrête de m'appeler tous les jours pour une pute qu'il va finir par oublier.

– Débrouille-toi Ari, je t'en conjure, sinon...

– Pourquoi es-tu si violente ? Comment va ta vie avec Niárchos ? Dis-moi *Baby Doll* ?

Mal, mais elle ne l'avouera pour rien au monde. On a aperçu Niárchos avec une jolie blonde aux faux airs de Charlotte Ford, Doris Brynner, l'ex-épouse de Yul Brynner, elle est gaie comme un pinson.

Hekatómbê, cela veut dire immolation, sacrifice, tuerie. Le 22 janvier 1973, à quinze heures quinze exactement, Alexandre Onassis décolle d'Athènes aux commandes de son hydravion Piaggio 136 de l'Olympic Airways. L'avion immatriculé SXBDC se place sur la piste d'accès F de l'aéroport international d'Hellinikon. À quinze heures vingt et une, l'avion quitte le sol. Au bout de quatre secondes, en plein virage, l'aile droite s'incline et reste baissée, l'avion perd de l'équilibre, pique vers la piste et s'écrase. Onassis est à New York avec Jackie. Tina et Niárchos skient à Saint-Moritz. Christina est au Brésil, Fiona à Londres, elle s'apprête à assister au dîner de mariage de son frère. Quatre avions privés, quatre jets en provenance de quatre pays différents, atterrissent l'un après l'autre sur une piste de l'aéroport international d'Athènes. Il y a tellement de monde devant l'hôpital que la Bentley d'Onassis met un quart d'heure pour y accéder. Tina suit dans une Rolls avec Niárchos. Les journalistes sont écartés par une police décidée. Sous l'effet du choc, Tina embrasse Onassis, et Onassis embrasse Niárchos. Personne n'embrasse Jackie. On a récupéré dans le cockpit du Piaggio le corps d'Alexandre Onassis. Il a le crâne broyé, son beau visage est en bouillie. Les meilleurs spécialistes mondiaux sont appelés à son chevet, Alexandre agonise, Tina et Onassis se tiennent de chaque côté du lit. Fiona, blafarde, ne quitte pas des yeux son ange inerte. Il est maintenu en vie artificiellement, Fiona s'approche, elle presse sa main. Tout le visage d'Alexandre est bandé, on ne voit que ses yeux et son joli nez qui a été préservé. Christina hurle de douleur. C'est choquant. On la fait sortir avec Fiona. Il y a des chaises dans le couloir. Fiona est blottie dans un coin. Elle attend qu'on la prévienne. C'est son homme. Mais c'est d'abord le fils de Tina et d'Aristote Onassis. Ils la traitent en paria. Et Jackie, ses lunettes vissées sur le nez qui répète inlassablement :

— Tu crois qu'il va me quitter Fiona, tu penses qu'Ari veut divorcer ?

— Tu n'as qu'à lui demander.

— Non mais Alexandre t'en aurait parlé, tu le saurais.

— Alexandre est en train de mourir Jackie, je t'en prie.

— Il t'en aurait parlé Fiona, j'en suis sûre.

Jackie fume une cigarette dans le couloir. Elle écrase le mégot par terre. Elle porte des chaussures ravissantes. Il fait froid en Grèce au mois de janvier. Jackie en a assez de leurs histoires de famille. Les Kennedy, ce n'était déjà pas simple... Fiona se lève au moindre bruit. Ils vont venir la chercher certainement. Il est vivant, il agonise, mais il est vivant. Elle se décide à pénétrer dans la chambre. Elle tient Christina par la main. Sa présence est superflue, il n'y a rien à faire. Les médecins interrogent Onassis. Il faut prendre une décision. Il croise le regard de Tina, elle acquiesce. Niárchos presse les épaules de sa femme. « Non ! » hurle Christina. Aristote Onassis ordonne de débrancher le respirateur qui maintient en vie son fils, puis s'effondre. Alexandre Onassis avait vingt-cinq ans.

– J'offre un million de dollars à qui m'apportera la preuve du meurtre, de la conspiration.

– Tais-toi Ari, je t'en prie tais-toi.

– Tina...

– Laisse-moi Stáv, laisse-moi avec lui.

– Je vais le faire cryogéniser, nous allons le ressusciter *Baby Doll* !

– Quoi ?

– Oui, la science avance, nous allons le garder dans un congélateur et un jour un médecin sera capable de lui redonner vie.

– Ari, arrête d'offenser les dieux, n'avons-nous pas déjà vécu le pire ?

– Tu as raison, cela risque de s'opposer au voyage de son âme. Deux millions de dollars pour prouver que c'est un attentat, l'avion a été saboté !

– Mon Dieu Ari, qu'avons-nous fait !

Dans cette petite chapelle où se sont mariés quatre ans plus tôt Aristote Onassis et Jackie Kennedy, dans cette petite chapelle couverte de fleurs blanches, repose le corps d'Alexandre. Le cercueil est ouvert pour la messe funéraire. Son visage a été reconstruit. Il porte un costume noir, des souliers neufs et ses Ray-Ban. Christina se jette sur le cercueil en criant. Personne ne parvient à la calmer.

– Pourquoi m'as-tu abandonnée? Je voulais mourir à ta place...

– Christina, ça suffit, ordonne Tina.

– Tu étais où Maman? hurle Christina. Tu étais où quand nous avions besoin de toi?

– Je t'en prie, ma fille.

– Tu étais où Papa quand nous avions dix ans, quand nous en avions quinze?

– Tais-toi!

– Alexandre a eu sa première voiture électrique à cinq ans, son premier Chris-Craft à dix ans, son premier avion à quinze ans, sa première Ferrari à dix-sept ans. Maman, tout ce que nous attendions, c'était de l'amour. Peux-tu entendre ça? De l'amour! Je sais que tu me trouves laide. Je suis laide. C'est vrai. Mais tu m'aurais rendue belle en m'aimant. Mes yeux se seraient mis à briller, ma peau se serait éclaircie, j'aurais rayonné, Maman, si seulement tu nous avais aimés!

Tina s'effondre dans les bras de Niárchos, elle embrasse son fils une dernière fois. Onassis se penche sur le cercueil et effleure le visage d'Alexandre. Il est anéanti. L'archimandrite laisse tomber du vin, de la terre et des fleurs sur le cercueil dont le couvercle vient d'être rabattu. Les porteurs le soulèvent et sortent de l'église en cadence. Tina passe devant Fiona sans la saluer. Aristote Onassis titube, livide. Il s'appuie sur Christina pour sortir de l'église, Christina fait le double de son père. Un homme de l'île voisine de Méganisi a le visage mouillé de larmes. Il se précipite pour l'aider quand il voit Onassis trébucher.

– Courage, vieil homme, tu dois marcher seul.

Onassis lui tape sur l'épaule, se redresse et repousse Christina. Il relève la tête, l'homme de Méganisi a ravivé son orgueil.

Ils sont quatre. Quatre fauves qui se haïssent autour du mausolée élevé à la mémoire d'Alexandre. Aristote Onassis et son épouse Jackie. Stávros Niárchos et son épouse Tina. Christina, qui sanglote, mais on ne la voit pas. Et Fiona, que l'on a décidé d'effacer. Quatre fauves prêts à s'entredéchirer. Mais ce n'est pas la peine, c'est une espèce en voie d'extinction. Bientôt, ils disparaîtront engloutis par la malédiction. Skorpios est devenue l'île de la mort. Un cimetière dont les candélabres scintillent dans la nuit. Plus personne ne mettra jamais les pieds ici.

Sous un ciel froid et sombre, dans une mer glaciale, deux énormes yachts croisent au large de Skorpios. Deux bateaux à la dérive, quatre âmes éperdues agrippées au bastingage. Le *Christina O.* et le *Créole*, tels des seigneurs de guerre signant un traité de paix en eaux neutres. C'est une étrange trêve. Que célèbrent-ils si ce n'est le châtiment ? C'en est fini des rires et de la légèreté, de la *café society* et des milliards de dollars, les yachts des armateurs pénètrent dans les ténèbres à tout jamais.

Onassis va errer à Skorpios pendant plusieurs mois. Seul, insomniaque, on l'aperçoit la nuit en compagnie de sa chienne Vona. Chaque promenade se termine au tombeau d'Alexandre. Il lui parle, il est persuadé qu'il l'entend. Il organise des déjeuners et des apéritifs autour du mausolée. Mais il est toujours seul. Une nappe blanche, de l'ouzo, des tzatziki et des boulettes de viande. Et puis un jour...
– Maria, il faut que je te voie, je t'en prie.
– Viens.
Aristote Onassis se pose en hélicoptère à Hydra où la diva a trouvé refuge. Il pensait converser avec les dieux, mais ils ne lui répondent plus. Son seul interlocuteur est un canari fardé à la voix défaillante.

Quant à Tina, brisée par la culpabilité, elle se réfugie à Paris, à l'hôtel de Chanaleilles. Elle a quarante-quatre ans, non elle a mille ans. Dans la salle de bains circulaire, Tina fixe les mosaïques pompéiennes qui couvrent les murs. Elle voit des ombres glisser, elle entend des murmures et des condamnations. Des mosaïques comme des pilules bleues, rouges, vertes ou jaunes. Des pilules pour s'évader, dormir, maigrir ou rester jeune. De l'alcool pour les avaler. Allongée dans sa baignoire, dans le noir, les yeux grands ouverts, Tina voit défiler sa vie. Des pilules de toutes les couleurs. Du champagne pour remplacer l'amour. De la drogue, si ce n'est pas assez. Et on recommence. On mélange. On avale. Et on oublie l'aube, l'après-midi et le crépuscule. Eugénie et Tina étaient des déesses grecques. Elles aimaient les barbituriques et acceptaient les coups. Des coups qui s'épanouissaient sur les jambes, les bras, les joues. Et fleurissaient la peau translucide des sœurs Livanos sous la paume puissante de Stávros Niárchos.

Le chœur

Elles n'étaient pas assez fortes. Elles n'ont pas su combattre les passions, l'hybris, la démesure. Les sœurs Livanos se sont fait coiffer au poteau. Onassis est seul quand il embarque sur son dernier bateau en partance sur le Styx. Niárchos appelle son avocat pour faire face aux Enfers, encore une histoire de femme battue. Le procureur Fafoutis n'est plus de la partie, mais les Grecs ne lâchent rien, c'est George Xenakis qui reprend l'affaire ! Et voilà que la grosse Christina, tout juste arrivée de New York, s'en mêle. René de Chambrun va gérer cela de main de maître.

– Tina Niárchos a succombé à une embolie, provoquée par l'arrivée d'un caillot de sang formé dans la jambe, propose l'avocat.

– La vérité, c'est qu'elle s'est suicidée, elle a avalé des barbituriques, soupire Niárchos, je l'ai si mal aimée.

– Pourquoi ma mère se serait suicidée ? Elle n'avait aucune raison.

– Ton frère est mort, rétorque Niárchos.

– J'exige une enquête ! Il a tué sa première femme. Je veux une autopsie pour ma mère, braille Christina.

Christina hurle encore plus fort et interdit à Jackie d'assister à l'enterrement. Onassis perd la raison et près de vingt kilos, il a le teint hâve et le regard vitreux, Alexandre est mort à sa place, Tina par sa faute, il n'a aimé qu'elle et n'arrive même plus à se saouler pour l'oublier. Niárchos est un corps vide, une marionnette sèche. Il balance sa carcasse creuse d'avant en arrière comme un enfant attardé. Sunny Blandford pleure à chaudes larmes, il est enfin duc de Marlborough et tout le monde s'en moque. Fiona fait une fausse-couche dans l'indifférence générale. Et Jackie ? Jackie dépense des milliers de dollars, court les boutiques de Mayfair à la 5e Avenue. Mais la roue de la fortune tourne, les Érinyes frémissent de colère. Aucune prière, aucun sacrifice ne les détournera de leur vengeance sacrée.

Que leur est-il arrivé à tous ? Leur haine tenait à leurs similitudes. Étaient-ce des hommes ou des démiurges ? Des héros ou des mortels ? L'enquête du procureur Fafoutis est rouverte après la mort de Tina Livanos. On recense une plainte fracassante par un haut magistrat de la cour d'appel. Le vice-procureur honoraire, George Xenakis, accuse onze personnes, juges et médecins légistes, d'avoir couvert le meurtre d'Eugénie Livanos. Il entend bien que cela ne soit pas le cas avec la mort de sa sœur. Le juge George Xenakis reprend tout de zéro, il accuse la commission, s'acharne. René de Chambrun n'a rien perdu de sa verve, ni de ses grands airs.

– Nous nous trouvons devant une véritable tragédie grecque. Je ne comprends pas cette nouvelle action du procureur. La justice, depuis des années, semble vouloir s'acharner sur monsieur Niárchos.

– Monsieur Niárchos a attendu vingt-quatre heures avant d'annoncer la mort de sa femme, Tina Livanos. La première personne qu'il a appelée est son avocat ! tonne Xenakis.

– Il a bien fait, croyez-moi, assure Chambrun. Il se doutait qu'un fonctionnaire trop zélé allait lui tomber dessus.

– Crise cardiaque, embolie pulmonaire, œdème du poumon, alcool ou barbituriques, Tina est morte de malheur, gémit Onassis.

Elles ont été profondément aimées. Mal, mais profondément. Aristote Onassis et Stávros Niárchos n'étaient pas armés pour l'amour. Ils croyaient en l'argent, au pouvoir, au succès. Terrible erreur, leur réalité s'est transformée en rêve obsédant. Ils se sont fracassés sur les sœurs Livanos. C'était couru d'avance, la tragédie était en marche. La malédiction des dieux s'est alliée à l'Histoire, ils ont uni leurs forces pour se venger de ceux qui les croyaient immortels. Où sont-ils aujourd'hui ? Quand ils ont perdu les sœurs Livanos, les dieux sont morts, la mer s'est enflée de colère, la Grèce a pris le deuil. Le long de la mer Égée, les collines brûlées de Spetsopoula sont désertes, Skorpios est devenu une sépulture ionienne. Niárchos et Onassis, chacun dans une partie du monde, avancent, ployés sous un soleil de plomb, une vraie fournaise ! Bientôt Onassis n'est plus capable d'ouvrir les yeux, il accroche ses paupières avec du papier Scotch. Niárchos vogue seul sur le *Créole*.

Le souffle de l'épopée est brûlant. Imaginons que les dieux se soient aimés, qu'ils soient devenus amis... Ces êtres légendaires, beaux, chics et spirituels errent de villégiature en villégiature. En Grèce, les chevaux portent un chapeau de paille typique percé de deux trous pour les oreilles, cela leur donne un air malicieux. Ils laissent derrière eux une odeur délicate de citrons et de poussière humide. À Venise au Palazzo Labia, les belles de nuit valsent avec Charlie de Beistegui, elles frissonnent contre le torse sensuel d'Ali Khan quand sa main caresse leurs reins. Rubirosa traverse le bois de Boulogne au volant de sa Ferrari sans une égratignure. Sur la Méditerranée, on croise le *Créole* et la silhouette évanescente d'Eugénie Niárchos qui agite la main. Plus loin sur les pistes de Saint-Moritz, cet éclair, cette blondeur, c'est l'esprit rieur de Tina Onassis qui descend tout schuss. Et puis Jackie, complexe, détachée, sophistiquée, magnétique, cultivée... La silhouette trapue d'Onassis émerge derrière un nuage de tabac, il avale cul sec son verre d'ouzo, l'éclat de rire froid de Niárchos se répercute sur les cristaux des lustres en Baccarat, ils tintent au son de *La Traviata*... Non, ce monde défunt n'en finit pas de briller. L'éternité, c'est une bande de joyeux lurons, des essayages chez les plus grands couturiers, des dîners en ville, des bals, des bolides, des yachts et quelques monstres. Vive l'inconscience, l'extase et la démesure, c'est le nectar des dieux, qu'ils s'en gorgent jusqu'à la lie, l'ivresse est fille de Dionysos, celui qui meurt et qui renaît sans cesse !

Remerciements

À Thérésa Révay, Isabelle Camus, Émilie Boullet-Lacoste et Marie-Hélène Corbin pour leur profonde amitié et la gestion efficace de mes angoisses.

À Maëlle Guillaud, la plus grande des éditrices, qui y croit à chaque fois, tellement plus que moi.

À François Fournier, qui me rend vivante.

Bibliographie

Susan Mary Alsop, *To Marietta From Paris 1945-1960*, Doubleday, 1974.

Jean-Claude Bartoll et Viviane Nicaise, *Une tragédie grecque*, tomes 1 et 2, Bamboo, 2012 et 2013.

Cecil Beaton, *Cinquante ans d'élégances et d'art de vivre*, Séguier, 2017.

Simone Bertière, *Le Roman d'Ulysse*, Éditions de Fallois, 2017.

Françoise Bettencourt Meyers, *Les Dieux grecs, généalogies*, Éditions Christian, 2001.

Ralph Blumenthal, *Stork Club, America's Most Famous Nightspot and the Lost Word of Cafe Society*, Little, Brown & Company, 2000.

Valery Coquant, *Onassis, ses combats, ses amours, son drame*, France-Empire, 2014.

—, *Onassis, l'âme du Grec (1903-1975)*, L'Âge d'Homme, 2017.

Thierry Coudert, *Café Society. Mondains, mécènes et artistes, 1920-1960*, Flammarion, 2010.

Thierry Coudert, *Les Scrapbooks du baron de Cabrol et la Café Society*, Flammarion, 2016.

Deborah Davis, *Party of the Century : the Fabulous Story of Truman Capote and his Black and White Ball*, John Wiley & Sons, 2006.

Francis Dorléans, *Snob Society*, Flammarion, 2009.

Lawrence Durrell, *Les Îles grecques*, Bartillat, 2010.

Eschyle, Sophocle et Euripide, *Les Tragiques grecs*, théâtre complet, Le Livre de Poche, 1999.

Pierre Evans, *Ari, La vie et le monde d'Aristote Onassis*, Presses de la Renaissance, 1998.

Jean-Louis de Faucigny-Lucinge, *Un gentilhomme cosmopolite, Mémoires*, Perrin, 1990.

Kiki Feroudi Moutsatsos, *Les Femmes d'Onassis*, Plon, 2000.

François Forestier, *Aristote Onassis, L'homme qui voulait tout*, Éditions Michel Lafon, 2006.

Nick Foulkes, *High Society : The History of America's Upper Class*, Assouline, 2008.

—, *Bals : Legendary Costume Balls of the Twentieth Century*, Assouline, 2011.

Danièle Georget, *Goodbye Mister President*, Plon, 2007.

Maud Guillaumin, *Jackie, les 4 jours qui ont changé sa vie*, Archipel, 2017.

Homère, *l'Iliade, l'Odyssée*, Robert Laffont, 1995.

Victoria Hislop, *Cartes postales de Grèce*, Les Escales, 2017.

Chris Hutchins et Peter Thompson, *Athina : the Last Onassis*, Neville Ness House Ltd, 2014.

January Jones, *The Christina : the Onassis Odyssey : Celebrities, Courtships & Chaos !*, P.J. Publishing, 2007.

Philippe Jullian, *Dictionnaire du snobisme*, Bartillat, 2005.

Celia Lee et John Lee, *The Churchills : A Family Portrait*, Palgrave Macmillan, 2010.

Doris Lilly, *Those Fabulous Greeks : Onassis, Niárchos and Livanos*, Cowles Book Cie, 1970.

Caroline de Margerie, *American Lady : Une reporter en gants blancs*, Robert Laffont, 2011.

Elsa Maxwell, *J'ai reçu le monde entier*, Club du Livre du mois, 1955.

Henry Miller, *Le Colosse de Maroussi*, Le Livre de Poche, 1991.

Richard Millet, *Dictionnaire amoureux de la Méditerranée*, Plon, 2015.

Paul Morand, *Journal inutile*, tomes 1 et 2, « Les Cahiers de la NRF », Gallimard, 2001.

Pierre Rey, *Le Grec*, Robert Laffont, 1973.

Jacqueline de Romilly, *La Tragédie grecque*, PUF, 2006.

Ned Rorem, *Journal parisien, 1951-1955*, Éditions du Rocher, 2003.

A.L. Rowse, *The early Churchills, an english family*, Harper & Brothers, 1956.

Nicole Salinger, *Jackie*, Assouline, 2002.

Joël Schmidt, *Dictionnaire de la mythologie grecque et romaine*, Larousse, 2017.

—, *Les 100 histoires de la mythologie grecque et romaine*, PUF, 2016.

Henrietta Spencer-Churchill, *Blenheim and the Churchill family*, Cico Books, 2013.

Mary Soames, *A Churchill Family Album*, Penguin Books, 1985.

Renzo Tosi, *Dictionnaire des sentences latines et grecques*, Jérôme Million, 2010.

Presse

L'Aurore, n° 9366, samedi 12 et dimanche 13 octobre 1974.

L'Aurore, n° 9503, samedi 22 et dimanche 23 mars 1975.

Détective, n° 1241, 21 mai 1970.

Détective, n° 1255, 27 août 1970.

Jours de France, n° 881, 9 novembre 1971.

Noir & Blanc, n° 1325, semaine du 31 août au 6 septembre 1970.

Paris Match, n° 1097, 16 mai 1970.

Paris Match, n° 1113, 5 septembre 1970.

Paris Match, article internet de Danièle Georget du 18 juillet 2016.

Point de Vue, n° 2671, semaine du 29 septembre au 5 octobre 1999.

Vanity Fair, n° 16, novembre 2014.

Catalogue

The Niárchos Collection of paintings, The Arts Council, 1958.

DU MÊME AUTEUR

Aux Éditions Albin Michel

LA SPLENDEUR DES CHARTERIS, 2011.

LE DIABLE DE RADCLIFFE HALL, 2012.

LE SECRET DE RITA H., 2013.

LE BAL DU SIÈCLE, 2015.

PAMELA, 2017.

Chez d'autres éditeurs

LA SCANDALEUSE HISTOIRE DE PENNY PARKER-JONES, Ramsay, 2008.

LA PANTHÈRE, LE FABULEUX ROMAN DE JEANNE TOUSSAINT, JOAILLIÈRE DES ROIS, J.-C. Lattès, 2010.

Composition : IGS-CP
Impression : CPI Bussière en octobre 2018
Éditions Albin Michel
22, rue Huyghens, 75014 Paris
www.albin-michel.fr
ISBN : 978-2-226-40315-5
Nº d'édition : 23004/01 – Nº d'impression : 2038216
Dépôt légal : novembre 2018
Imprimé en France